晴空

晴空

晴空

晴空

縷紅新草
【皇帝的夜鶯】上
原惡哉——作者
柳宮燐——繪者

Contents

第一篇 · **傳國玉璽**

楔子 010
Episode 1 人性的證明 · 上 012
Episode 2 人性的證明 · 下 050

第二篇 · **至尊寶戒**

楔子 074
Episode 1 無垢的殘暴 · 上 076
Episode 2 無垢的殘暴 · 下 098

第三篇 · **帝王醃肉**

楔子 130
Episode 1 千年的美味 · 上 134
Episode 2 千年的美味 · 下 156

第四篇 · **黃金聖盃**

楔子 182
Episode 1 雪月花 · 上 186
Episode 2 雪月花 · 下 204

卷末附錄 · **作者親筆注釋** 222
作者訪談 · 貼近作者創作原點，
不為人知的裡設定大公開 245

第一篇

傳國玉璽

「感覺那家古董店賣的都是一些會引來天災人禍的東西，我看你之後還是少去為妙。」

「來不及了，我已經答應老闆要時常去報到。」

「看來老闆跟你相談甚歡。」

「不是，是跟我這張臉相談甚歡。」

楔子

人間處處是地獄
畜生的悲哀
下民易虐　上天難欺
黑夜之後　晨曦將臨

那間古董店走進去，精緻牢固的收藏櫃裡就放著這幾行詩句，聽說是太宰治[1]的真跡，出自他所寫的《懶惰的歌留多》裡的內容。我對太宰治的印象一直不怎麼好，學生時代看過他所寫的《二十世紀旗手》，裡面有一句話是「生而為人，我很抱歉」，頓時一股莫名的輕蔑直衝胸口。

真是不負責任的發言。

但古董店的老闆還是將這幾句真跡詩詞鄭重的放在玻璃櫃中，那個人經常坐在大廳最左邊的沙發上，在無所事事的午後喝著 Fortnum & Mason 的伯爵茶，慵懶地單手撐著頭淡淡觀看古董店的一景一物，只要輕輕移動視線，就能看到這幾句詩詞。

我和古董店老闆認識沒多久就注意到那個人偏愛頹廢風格的事物，圍繞在他身邊的人無不使出渾身解數來獲得他的青睞，和那個人頗有交情的畫家深知他的喜好，經常繪製妖異厭世帶點神經質的畫作，只為了讓那個人說出「我想收藏你的作品」。

現在想想，那個人之所以如此吸引人，說不定就是這一副單薄身影下透露著微微忌憚世間的氣息。無論用什麼角度看，都無法在那個人身上找到「人」的情感，是的，就是這點令人著迷。

危機意識告訴我應該要離那個人越遠越好，但天生追求刺激的心性卻不斷催促我更加接近那個人。

果然，這種個性真的很要命……

注釋——

1—太宰治：日本無賴派（世界二次大戰後，擁有反道德、反權威風格的作家總稱）小說家，最具代表的作品是《人間失格》，詳情請見 P.223 的詞條說明。

Episode 1

人性的證明・上

雖然不是第一次接到這種電話，但隨著通話的時間越來越長，鬱悶感跟著越來越重，終於讓奏星純忍不住蹺起二郎腿、左手夾著大衛杜夫的雪茄、隻手撐著頭一臉無奈的邊聽電話邊望向牆壁上的時鐘。

已經過了一個半鐘頭了。

從他早上九點拎著街角那間手工研磨咖啡，搭電梯到十五樓的辦公室，才剛坐下來就接到遠在國外旅行的母親打來的電話，現在都已經十點四十二分，話題還圍繞在「你究竟何時才要結婚」這個層面上。

想想他今年不過三十二歲，雖然還單身可是夜生活相當精彩，奉行「百花叢裡過，片葉不沾身」這個準則，為人處事上是沒什麼節操，但這幾年浪蕩下來也沒出什麼亂子，頂多被幾位重感情的小姐們甩過巴掌。

風流倜儻是奏家男人的傳統，他的父親及他的祖父在沒踏進婚姻之前，也是男女關係混亂到需要做筆記。

總之，還在義大利度假的母親閒來無事撥了一通越洋電話，花了近一個半鐘頭嘮叨不停「都三十二歲了到現在婚姻連個譜都沒有，媽知道你在外頭野慣了，但老大不小該收心了吧」、「我對你沒特別的要求，快找個女的把婚結一結，然後生個兒子讓我抱」、「只能是女的，要是帶男人回家我就折斷你的〇〇……」

〇〇是什麼相信各位都明白。

奏星純聽得很是頭痛，他對男人沒有半點興趣，可幾年前他那位長相俊秀的表弟宣布出櫃後，所有長輩都開始擔心家裡未婚年輕人的性向了……

「你現在八成是蹺著二郎腿、口中叼著雪茄聽我在囉嗦吧，別再抽雪茄了，你這個敗金浪子，大衛杜夫慶典一號這款雪茄一枝就要五十元美金，你每天都抽一枝的話一個月就花掉一千五百元美金，錢可不是這樣花的。媽寧願你把這些錢拿去做投資，存起來當結婚基金也夠了，要知道結婚可是很燒錢。」儘管毫無間斷說了一個半小時以上的話，但這位太太的聲音聽起來還是頗有精神，相反的只負責接聽電話的奏星純卻覺得他的體力已經乾枯到〇〇舉不起來了。

「你有沒有在聽老娘說話？」見奏星純遲遲沒有回應，遠在義大利欣賞美麗景色的太太開始不耐煩起來。

「當然有。」奏星純輕彈著雪茄，末端白色菸灰掉落到黑色頑石菸灰缸中，他喜歡極簡風，辦公室擺設構成就是黑白灰三種顏色，他偏愛擁有俐落線條的瑞士頂級傢俱 USM MODULAR FURNITURE，無論櫃子還是辦公桌都使用這個品牌的設計。

星塵偵探社。

奏星純在二十歲時創立的公司，舉凡名流人物私生子調查、政商要角撲朔迷離的人際關係、走私品流通來源等等都是營業項目。雖然他很享受複雜難搞的委託案，可偏偏十之八九找上門的不是調查丈夫或妻子是否有婚外情，就是遺囑漏洞分析……淨是些八點檔才會出現的事件，若不是他還有投資及買股票，這間偵探社根本無法在他這麼挑工作的情況下活到現在。

好的這就回到結婚這個話題上。

如果知道太太會說這麼久，奏星純絕對不會接這通電話，不，電話是一定要接，太太瞭解這間偵探社的生意沒這麼好，奏星純不會忙到沒時間接電話，若故意不接聽，等太太回國後他可能要跪在主機板上面謝罪。

原本打算用「我有認真考慮結婚這等大事您不用擔心好好去度假」這句話來敷衍太太，沒想到玻璃門外的電梯一打開，一名年輕貌美神色憂鬱的女子看了看門邊「星塵偵探社」這五個大字幾秒，遂推開門走了進來，奏星純立刻明白有委託上門了！他飛快結束通話，並想著這位少女會帶來什麼樣的驚喜，究竟是八點檔固定出現的婚外情調查，還是困難棘手的懸疑事件？

「那個……」少女穿著素色輕便衣裝，外頭罩著一件薄外套，栗子色微捲的長髮分別繫在兩旁，從模樣上判斷大概是個大學生，而且家境優渥，她手上戴著黑藍相間的手錶，儘管外觀並不顯眼，但這只手錶是二〇一二年醫療計劃推出的紀念款。

除此之外，少女所背的包包是德國百年手工品牌，以耐磨實用聞名，同樣的外形並無出色之處，卻是可以用到天荒地老的好物。

「非常抱歉沒有告知一聲就冒然前來。」少女難為情的輕聲說著。

家教不錯。奏星純想著，然後露出一抹淺笑示意小姐可以先坐在沙發上，他慢條斯理的起身準備為客人倒飲料，「添加白蘭地的皇家奶茶如何？少許的酒精可以讓心情放鬆平靜，還是無糖溫麥茶？」

「謝謝，但我有自備白開水，因此不用麻煩了。」少女略為緊張地開口。

奏星純，擁有一張性感帥氣臉龐的他活了三十二年，第一次被人拒絕服務……不是他自誇，憑這張極致俊美的容貌很少會有女性搖頭，而且出門在外還自備白開水，這讓奏星純不禁好奇這名少女究竟務實到什麼地步。

「妳該不會不喝飲料吧？」奏星純隨口問著。

「呃，是的，我只喝白開水。」

Good gracious！

他還是第一次見到不喝飲料的人。

「請問怎麼稱呼？」

「丙美優。」

丙這個姓非常少見，就奏星純所知，這個國家姓丙的人不到三個，因此，他立即就知道丙美優的身分。

享有皇家御用這個美稱的王朝瓷器（Dynasty's Ware）是超過兩百年悠久歷史的國寶品牌，從創辦人開始到這任社長都姓丙，說是家族企業也不為過，據說這代王朝瓷器的社長僅有一女，未來可能會以招贅的方式延續丙氏的血脈。

「好的，美優小姐，您的委託內容是？」奏星純坐在丙美優對面的沙發上，儘管外表看不出來，可他心裡已經預想好幾個委託內容，對面是一位出身良好家教甚嚴的年輕女性，未婚，因此婚外情或私生子這些委託都可以省去。她的眼眶微微泛紅，想必這段時間有發生讓她深受打擊的事件，也許是親人過世……不，肯定是親人往生，雖然很淡不過還是可以聞到奠祭焚香的味道。

奏星純不確定王朝瓷器的社長是否已經駕鶴西歸，倘若社長不在人世，怎麼新聞媒體一點消息也沒有？再怎麼說王朝瓷器都具有傳統名貴的分量，社長的一舉一動都能占上新聞版面。

好吧，假設社長並未身亡，只是健康方面不盡理想，躺棺材只是時間早晚的問題，這個時候來諮詢遺產也是理所當然。

法律這一塊確實是他的強項，之前有一些客人曾向他諮詢這部分，例如遺產分配以及如何逃漏稅等等，如果閒著沒事幹的話，奏星純會抬高價碼接下委託，雖然他討厭八點檔鄉土劇事件，但刺激難纏的案子畢竟可遇不可求，若只接自己有興趣的委託，大概一年三百六十五天只會出現一樁。

「我的父親在上個禮拜過世了。」丙美優難掩哀傷說著。

沒想到真的回仙山賣豆乾了啊……奏星純心想社長過世這事居然可以這麼無聲無息，莫非是死因不明嗎？但就算是他殺還是自然死亡都該上新聞才對，過了這麼多天報章雜誌隻字未提，這當中究竟出了什麼事？

「我很遺憾，但令尊的死亡是否別有隱情？」奏星純問著。

聽到奏星純這番話，丙美優訝異地看向他，「先生知道家父是誰嗎？」

「知道，姓丙的人不多，拜此所賜，很輕易就知道美優小姐的來歷了。」

「果然先生就如朋友所說的洞察力驚人而且學識淵博，不瞞您說，我的朋友在三個月前曾來星塵偵探社詢問一些事情，友人前陣子捲入家族紛爭，幸虧在先生大力幫助下度過難關。這一次，懇請先生解開家父的死因，我已經找不到人可以調查這件事了，希望先生能接下這個委託。」

丙美優低下頭，情緒有些激動地微微顫抖纖瘦的身軀。

三個月前？奏星純在腦中搜尋一番，啊啊，是那個八點檔事件啊，他有印象了。簡單來說就是某個企業家意外翹辮子掛掉了，情婦與私生子如雨後春筍般相繼冒出爭遺產，一時之間委託人多了好幾個不曾照過面的兄弟姊妹，雖然怨恨下半身沒有道德操守的父親，但委託人也不想把遺產分給這些半路殺出來的情婦與私生子，因此便找上他處理遺產這等破事。

再說一遍，要不是他那時吃飽撐著沒事幹，根本不會接下這樁委託，一是過程輕鬆愜意沒花他多少腦力，離他所追求的冒險刺激棘手挑戰相去甚遠，二是，非常重要，委託人最後竟然跟同父異母的兄長私奔，What the F*CK !?

啊對了，委託人是位男性，和丙美優差不多年紀。

當下奏星純都想向丙小姐問問那位委託人現在過得是否安好自在，但此時此刻的重點不在那位狀況複雜的委託人身上，而是丙小姐的父親，已經過世的王朝瓷器社長。

「可以的話，美優小姐不妨說明社長的狀況。」

「很抱歉一直自顧自地說些讓人困擾的事情，這是我父親過世時的照片，雖然內容可能會讓您很不舒服，不過也請您稍微觀看一下。」丙美優邊說邊從包包裡拿出黑色相冊，相冊開闔的地方上了鎖，顯然她很謹慎地保管父親過世時的照片。

從丙美優的手上接過黑色相冊後，奏星純翻開第一頁便看到七零八落的屍體畫面，接連看了好幾張，感覺社長的身體像是被硬生生撕裂般，斷面相當不平整，此外，社長的雙眼與嘴唇都被鐵絲縫合，從皮膚上的瘀痕及傷口看來，社長應該是在生前就遭到鐵絲穿刺。

「什麼時候發現屍體的？」奏星純輕聲問著：「陳屍地點是在社長的寢室嗎？」

「是寢室沒有錯，上週禮拜三晚上六點半左右我去敲門請家父下樓吃飯，發現父親他沒有回應我，我叫了好幾聲都沒有應答，開門進去後就看到父親悽慘的樣子……明明家裡只有我與父親兩個人，到底是誰殺害他的？由於寢室裡面沒有遭人入侵或扭打破壞的跡象，再者，我在煮飯時也沒有聽到任何聲音，沒想到父親就這樣死了，留下這麼多謎題卻沒有人可以解答，我真的很希望先生能幫我找到凶手……」丙美優說到後面幾乎快哭出來，奏星純默不作聲地拿了一只白色瓷盤，並從紫外線消毒櫃裡面拿了一條乾淨的毛巾放在上頭，然後遞給已經開始掉眼淚的丙美優。

「稍微熱敷著，能讓妳的心情舒緩點。」

「謝謝……」雙手握了握熱毛巾，丙美優遲疑了幾秒問道：「先生……願意接下這個委託嗎？」

求之不得！開業這麼久以來總算遇到讓人熱血沸騰的懸疑事件了！我都想跪下來感謝妳！活了三十二年終於感覺到世界的美好！

以上就是奏星純奔馳在內心的想法。

想當然耳這些話絕對不能誠實地說出口，何止不能誠實地說出，就連臉上的表情也不能太興奮忘我，奏星純可是費了好大一番勁兒才壓抑住想狂歡的衝動，他不著痕跡地深呼吸好幾次，平穩情緒後冷靜說著。

「想必美優小姐來敝社之前受了不少挫折吧？我一定會盡其所能地調查令尊身亡的內幕，說到這個，令尊他是否在生前就已經備好遺囑了？」

上週三社長過世，至今過了八天丙美優就著手調查父親的死因，如果不是對家族企業或遺產毫無興趣，那就是社長早早就準備好遺囑，丙美優只要請會計顧問處理就行。

奏星純不認為是前者，丙美優作為家族企業接班人，可能自幼開始就經常進出王朝瓷器，在上下一心的狀態下，社長死後丙美優接任並且維持品牌榮光是很有可能的事。但是，一個具規模的瓷器企業在社長猝死的情況下還能繼續營運，如果不是內部核心人員未雨綢繆已經做好準備，那就是社長早已打理好所有事宜，不然光憑丙美優是社長獨生女這點，恐怕無法主持大局。

「是的，我父親確實有準備遺囑在律師那邊，上面交代了遺產分配以及公司營運的方針……感覺上父親好像知道自己會過世，因此已經準備好後事，但是，究竟是何人想置父親於死地？」丙美優納悶地說著。

奏星純平常有看商業雜誌的習慣，王朝瓷器的社長是不少報章雜誌討論的對象，一是社長在做人處事上獲得外界不少讚許，二是他引領王朝瓷器走向鼎盛輝煌的時代，儘管社長坐擁上億資產，上下班或去任何地方卻不搭乘私人房車而是大眾交通工具，他曾經在某篇訪談中提到王朝瓷器是以「人」為出發點，因此他喜歡觀察人與人的互動然後發想設計。

此外，社長也積極投入慈善活動，低調、老實敦厚的他，從未傳出與什麼人結怨，再者，身體四分五裂且殘暴地用鐵絲縫合雙眼與嘴唇，這樣的手段並不是普通人有辦法做到。奏星純暗自刪除了社長是被心存惡意之人殺害的這個可能。

從社長在死前就備好遺囑這一點看來，他對於即將降臨的死亡不只心裡有數，甚至清楚殺害他的東西是什麼。由於現在有太多謎團，奏星純只能以「那個東西」來形容殺人凶手。

「我方便知道社長留下來的遺書內容嗎？」奏星純問道。

「好的。」丙美優拿出一份影印文件，奏星純仔細閱讀裡面的內容，遺囑有三分之二是說明遺產與公司這方面的事，剩下的三分之一便是父親給女兒的留言。言詞間可以感受社長對丙美優的器重與疼愛，奏星純對裡面有段話相當介意——

我已經沒有任何遺憾，在九泉之下的列祖列宗應該能安息瞑目，從今以後美優一定要過著自由自在的人生，去追尋妳的夢想與願望。

難道丙家有什麼百年遺願遲遲沒有完成嗎？

奏星純本來想詢問丙美優，但直覺告訴他這位小姐大概不清楚家族遺願這件事。目前能追查的線索太少，雖然不知道調查丙家歷史是否和社長身亡有關聯，但遺囑上特別寫到這部分，或許這點蛛絲馬跡是社長離奇死亡的關鍵。

「說到這個，貴家族是否有族譜之類的記載？」奏星純問道。

「有是有，但我沒有放在身上，如果需要的話我明天帶過來。」雖然不知道奏星純為何需要族譜，可丙美優仍不疑有他全力協助。

為了追查父親的死因，她找了警方及坊間偵探調查，可那些人一看到父親過世時的照片全都回絕了，並一致認為犯下這樁案件的凶手不是人類……說的也是，普通人根本無法將成年男性的身體像紙一樣撕裂，既然不是人類所為就沒有調查的必要。儘管丙美優可以理解一般人不想涉入怪力亂神等靈異事件，但就算殺人凶手是神或是鬼，她也想明白為何父親一定得死。

「非常好，另外，美優小姐知道令尊過世前一個禮拜出入的場所嗎？」奏星純晃了晃手上的遺囑影本詢問丙小姐是否可以將影本留在這裡，丙美優點了點頭後，他便將影本妥善收進櫃子裡。

「很抱歉我不知道父親這段時間去過哪裡，偶爾他會在回家前去附近的公園走走，有時也會到美術館欣賞展覽，但他都會在晚餐之前回家。」

奏星純默默在心中嘆氣。

之前也接過幾樁八點檔委託是跟蹤他人去過什麼地方，如果對方出門在外都有司機接送這還好辦事，搭乘計程車這點也算輕鬆，使用大眾交通工具的話有些麻煩，但悠遊卡或捷運卡都有記錄，因此調查起來也不費時。最糟糕的就是靠兩隻腳走路移動，奏星純得駭進都市監視器系統及衛星搜索才有辦法掌握對方的去向，顯然社長生前的去向得發揮他身為駭客（對外謙稱是業餘，但實力是專業）的本領。

「沒關係這方面我會自行調查，也請美優小姐明天撥冗再來敝社一趟。」

「真的很謝謝先生，希望這件事能順利有個水落石出。」再三感謝奏星純後，丙美優便離開星塵偵探社。

如果現在是奏星純的成人夜晚時間，遇到丙美優這種臉蛋和身材都是他的守備範圍的女性，肯定馬上展開華麗的獵豔奇遇記，但現在奏星純滿腦子只有懸疑命案與駭客任務，他很快在腦中整合目前所知的訊息以及之後的規劃。

「首先就來駭進城市監視系統吧，駭是沒什麼問題，就是篩選資料很浪費時間而且也很無聊，要不是看在這次委託簡直是天上掉下來的聖誕禮物，不然這種可能會得乾眼症的事我才不幹。」話是這麼說，但八點檔鄉土劇的委託每五件就有三件得死盯著螢幕搜索他人的行動，奏星純表面上千百萬個不願意，不過認真幹起事來可說是非常順手。

就在這時，辦公室的電話響了，奏星純瞄了來電號碼一眼，接起電話後不等對方開口便先發制人。

「你他馬的好意思打給我。」

即使聽到奏星純這麼不客氣的招呼語，電話另一端仍用愉悅的語氣說著：「別這麼說，我們不是臭味相投天生絕配的工作夥伴嗎？」

「要不是你誘拐我表弟，老子根本不會天天被皇太后催婚，省得她整天提心吊膽我會走歪路跟著出櫃。」奏星純冷哼一口氣後接著說：「而且你居然把公司丟給我一個人處理，自己去國外享樂了整整半年，現在才覺得良心不安對我無法交代，會不會太晚了？」

「英國七〇年代電影《兩小無猜》（Melody）有句經典台詞，美好的愛情是讓你透過一個人看到整個世界，悲慘的愛情是讓你透過一個人放棄整個世界。作為一個優秀的戀人，我都嫌半年出國旅遊太短暫，很對不起你表弟，唉。」

理智瀕臨斷線的奏星純：「……我說真的，你怎麼不去死？」

「你真要讓你表弟年紀輕輕就守寡嗎？啊不過看來我不在的這段期間，你不止很寂寞還很憂鬱，反正我剛從國外度假回來，為了補償你的精神損失，說吧，你想要我做什麼？」

奏星純咬牙切齒說道：「還不快點死過來為我做牛做馬，放心好了，我一定會盡情壓榨你，拭目以待吧！」

「呵呵我好怕喔！」

聽到這句話，奏星純可以肯定這傢伙完全沒有把他的威脅放在眼裡。

結束通話後，他索性把駭進監視系統尋找社長生前蹤跡這個重責大任，交給電話裡那個嘻皮笑臉的傢伙。

儘管是個油嘴滑舌的渾蛋，但不得不說，這傢伙辦事能力是一等一的高超、工作效率是一等一的快速，正因為是少數可以跟上奏星純思考反應的人，又是大學同窗，當年要開星塵偵探社時他便毫不猶豫邀請那傢伙加入。

想不到那廝居然在半年前拐了他表弟，兩人一同去國外度假製造美麗回憶，留他一人在偵探社裡解決該死的八點檔委託……

這些其實都是小事，最讓奏星純懷恨在心的是拜這渾蛋所賜，皇太后三天兩頭慰問他的感情生活，而且每次嘮叨幾乎都以小時計算，然後話題全是圍著「你什麼時候要結婚」這層面上打轉。

既然搜尋社長生前去向這件事已脫手給別人做，奏星純接下來便把重心放在社長的人際關係上。

他寫了一張便條紙貼在表弟同性閨密（也就是那位呵呵我好怕喔的傢伙）的辦公電腦上，上面寫著待辦的苦差事以及「放了半年的假現在才回來上班你這是什麼少爺規格？要是還有點良心就想個辦法幫我擺平皇太后，哥哥我不想再接到她的越洋電話了」這幾句，隨後套了一件 Belstaff 的 millford coat 黑色大衣便離開辦公室。

他花了一個下午的時間以雜誌約聘作者的身分走訪王朝瓷器直營的經銷據點與製作工坊，奏星純確實有為雜誌不定時撰寫旅遊特別景點或百年知名店鋪等等的文章，純粹是為了打發時間找點事情做，所以表弟的閨房密友經常戲稱他為兼差很多副業不少的打工達人。

大概是奏星純渾身散發一股知識分子的氣息，當他自稱是雜誌旅遊專欄的約聘記者時，王朝瓷器裡裡外外的員工全都信了，再加上奏星純的外型確實迷人好看，兩三下就從這些員工的口中探聽到許多社長的事。

基本上和奏星純預想的差不多，丙社長認真負責、體恤他人、和藹可親、溫柔風雅等等，幾乎是一面倒的好評，意外的，他打聽到社長鮮為人知的喜好，那位年近四十五歲、幹練且知性的社長非常喜歡某位畫家的作品。

彷夕暮。

年僅三十五歲便展開國際巡迴畫展，被譽為妖異鬼魅的傾奇[2]畫師。

經常以獸骨、腐屍和盛開的花卉描繪冶豔的景色，偶爾也會出現完整無瑕的人身，但多半是性別模糊的姿態。

就以務實精明這點看來，奏星純無法把王朝瓷器的社長和帶有厭世色彩的傾奇畫家聯想在一起，不過據部分員工所說，社長確實鍾愛彷夕暮的作品，只要這名畫家有推出展覽，社長絕對會不辭辛勞親自去觀賞。

這讓奏星純想起王朝瓷器曾推出一款黑底紅花的點心盤，花的模樣繁華美麗，可讓人納悶的是花瓣的尖端刻意展現枯萎的樣貌，社長有次在雜誌訪問裡解釋，設計枯萎花朵的用意是為了展現「人性」。

難道對社長而言，人性是完美中帶有瑕疵嗎？

這樣的疑問僅存留在奏星純腦中短短零點零一秒，他對於創作與藝術之類的事物只侷限在制式化的資料上，例如哥倫比亞的作家馬奎斯寫下經典文學作品《百年孤寂》，於西元一九六七年發表，故事描述一個極具權力的家族興盛衰落的經過，如果問他《百年孤寂》裡面有什麼角色，奏星純可以精確回答每位角色的名字和身分。

除了兼差很多的打工達人這個稱號外，奏星純還有「會走路的維基百科」這樣的美稱。

要他說出俄羅斯的羅曼諾夫龐大的王室成員有哪些人，奏星純可以輕而易舉地一一細數下來，且一個也沒少。

但若是問他對《百年孤寂》裡面那個權力極大的家族，他們僅存的後代出生沒多久便被螞蟻吃掉這事有什麼感想，奏星純大概會思考老半天最後回覆「不知道」。

晚上六點五十六分時，表弟的同性閨密發了一封簡訊給他，說是社長出事前一個禮拜的行蹤有了眉目，奏星純雖然一整天在外奔波，可看到這封簡訊後便飛也似的回辦公室看資料。

位在十五樓的辦公室視野良好，還有一大片氣密窗可以觀賞廣角景色，奏星純當初就是看上這棟大樓完美的制空權[3]才買下這個地方，幸好大樓的電梯很迅速，沒有

注釋——

2—傾奇者：意思為「奇裝異服之人」，特色是華麗的裝扮與浮誇的言行，在這邊衍申為過於詭譎異端的華麗。

3—制空權：原本是軍事用語，指的是取得某地區的空中優勢，近來也用在住家視野上，通常泛指十樓以上所見的景色，如果能一覽無遺整片的景觀才算是取得制空權。

讓他等太久就到星塵偵探社，從外頭的玻璃門可以看到辦公室裡面有位牛郎打扮的男性在整理桌面。

奏星純推開門時，那位牛郎總算發現他帥氣的身影，第一個感想就是——

「不是吧，你這個時候還進辦公室，給不給人下班啊？」

「早說了我會盡情壓榨你，你以為我在跟你開玩笑？」奏星純將大衣放在沙發上，三步併作兩步地來到牛郎、也就是表弟同居閨密的電腦桌前。

「哥你行行好，我可是有家室的人，再說你忍心讓你表弟燭光晚餐時間獨守空閨？」牛郎只能無奈地遠望。

「得了吧，他心理素質沒你想像的低，不過是晚個幾分鐘下班回家，他才不會馬上孤單寂寞覺得冷。」

「好好好，咱們先把正事辦一辦，等等要做啥再做啥。」也不是今天才認識奏星純這個人，牛郎妥協的打開電腦螢幕，調出他所查到的檔案。

抱歉，一直稱呼人家是表弟同居閨密或牛郎什麼的太失禮了，這位染著一頭金髮的俊俏男性是奏星純的大學同窗，名字是初塵。

星塵偵探社便是以奏星純的「星」與初塵的「塵」命名。

「王朝瓷器的社長身亡前的一個禮拜都過著規律的生活，早上八點進公司，晚上七點之前回家，閒來無事便去住家附近的公園散步，比較值得注意的是他在上上週三去美術館欣賞某位畫師的展覽，並偶遇該畫師，兩人相談甚歡十幾分鐘，我讀取美術館監視攝影機的資料，發現那位畫師似乎有拿一張名片給他，儘管畫質很粗糙但還是看得出那張並不是畫師的名片。」

初塵邊說邊把社長當天在美術館活動的影片展示給奏星純看，奏星純瞇起眼觀看影片內容，從影片出現的展覽作品看來，他確定這次美術館展出的是傾奇畫師彷夕暮的畫作。社長在觀賞畫作時剛好遇到畫家彷夕暮本人，奏星純專注地解讀社長與彷夕暮說話的脣形，藉此來理解他們所說的內容。

大概有十分之九的時間是社長詢問彷夕暮作畫的想法與創作意圖，最後幾分鐘兩人展現出有如他鄉遇故知的情誼，開始聊起比較私人的事情，例如嗜好與蒐藏等等，社長提到他有欣賞古物的興趣，彷夕暮便介紹一家朋友開的古董店給社長認識，那張便是古董店的名片。

「鋁宏心草……」解讀彷夕暮的唇語應該是這四個字，奏星純在腦內想著鋁宏心草究竟是什麼，很有可能不是這四個字，而是其他發音相同的漢字。

驀地他想到縷紅新草這個名詞，日本昭和初期的小說家泉鏡花[4]最後遺作便是《縷紅新草》，奏星純曾經看過這本小說，到現在仍記得開頭的那首詩——

看得見那個嗎
看見了嗎
兩隻蜻蛉棲息在莎草上
打算棲身於此
雖是想要掩人耳目
透亮薄翅卻藏匿不住
薄絹絲綢緋紅綢絹
肌膚之蒼白不禁自感卑微
白絲絹上的紅蜻蛉
欲偽裝白雪與紅葉

此世之人皆明智，目光清澄雪亮

看得見那個嗎

看見了嗎

奏星純之所以印象深刻純粹是因為看不懂……後來經過他那位出櫃的表弟解釋，整段詩詞隱喻不純的交媾，《縷紅新草》這本小說描述一位出自名門的女性因為家道中落而去當身分卑微的女工，她在構思手絹的圖案時想到兩隻紅蜻蛉交纏飛行的圖樣，被指責是相當下流的思想，自尊心不容許她有這樣的汙點，便投河自盡了。

奏星純無法理解為何那名女性要單單為了這種鬼事自殺，可文學系畢業的表弟卻說這是追求純潔真愛的極致表現，話是這麼說但奏星純壓根兒就看不出純潔真愛是放在什麼地方。

「社長有去過縷紅新草這家古董店嗎？」奏星純問著。

「他過世前七天有去一個歌德式洋房，在一條小巷裡，外觀長這樣。」初塵開了

注釋——

4 —泉鏡花：跨越明治、大正、昭和三代對日本近代文學影響深遠的幻想文學大師，詳情請見 P.224 的詞條說明。

城市監視攝影機的畫面給他看，在周圍林立著極具設計感的商業大樓中，那棟黑紅相間的洋房瀰漫著低調奢華的氣息。

「不確定是不是你說的縷紅新草古董店，這棟洋房沒有任何招牌。」

「他在這棟洋房裡待了多久？」

「二十五分鐘，出來時手上拿著一樣東西。」

幾乎把社長所有行蹤全記下來的初塵，很快就找到社長踏出洋房的畫面，放大並數位修復解析度給奏星純看。

是一只黑色的手提箱，外觀沒有什麼特別之處，但看得出社長相當保護這只黑箱。

奏星純拿起手機在搜尋的關鍵字上打著「縷紅新草古董店」，跑出來的資料大多都是泉鏡花的作品介紹或賞析，全然沒看到古董店這三個字。

「看來得親自去一趟了。」奏星純淡淡說著，而初塵則識相地幫他列印那間洋房的位置。

初塵本來想說些什麼，辦公室的電話突然響起，兩人面面相覷互看一眼，彼此心裡對來電者都有個底。輕聲嘆了一口氣後，奏星純拿起話筒，對方像極了應收帳款部門（也就是討債公司）打來催款時會有的語氣，凶神惡煞猶如道上分子。

「奏星純你放不放人！」

奏星純默默看了手錶上的時間，才晚上七點半而已，他那位文學系表弟就這麼耐不住寂寞嗎？

「你半年來風花雪月出國玩樂連個影子都沒看到，今天卻特地打電話過來要人還真有膽識，一句話，除非事情辦妥不然要人免談。」

礙於小說尺度與顧及讀者的心靈健康因此省略一分多鐘的怒罵後，文學系表弟說了「你這渾蛋最好要用到○○時不是軟掉就是不舉！」便惡狠狠地掛掉電話，一天以內下半身連續被兩個人動歪腦筋的奏星純忍不住發表感想……

「為什麼老是有一群人喜歡威脅我那地方？」把話筒放回原位後，奏星純轉頭打算對初塵說「明天美優小姐會帶族譜過來，你幫我招呼招呼她，我要去這棟可疑的洋房一趟」，想不到這傢伙已經收拾好公事包準備離開了。

「抱歉啦我要先閃了，德國詩人席勒說過，忽視當前一剎那的人，等於虛擲了他所有一切。你剛也接到他打來討人的電話，我如果再不回去，搞不好就錯過他穿裸體圍裙的畫面了，拜。」說完，初塵就拉開玻璃門搭電梯下樓。

「簡直是重色輕友的最佳代表。」奏星純感慨地搖了搖頭，他在手機行事曆上輸入明天前去縷紅新草的行程後，把辦公室稍微整頓一下就拿起黑色大衣走出星塵偵探社。

✣✣✣

丙美優隔天早上十點半便帶著鐵灰色皮箱前去星塵偵探社，一進門看到奏星純和打扮有如牛郎的初塵時愣了愣，她以為這間偵探社只有奏星純一人，沒想到還有其他員工。

「日安啊，小美優。」初塵直爽地打了招呼，「我是這間偵探社第二位負責人，叫我初塵就可以了。」

「啊，您好。」

第一次被叫作小美優，讓她手足無措慌張了起來，她有些緊張的坐在辦公室的沙發上，丙美優生活周遭的男性幾乎都是長輩，一般平輩異性看到她拘謹慎重的模樣大多敬而遠之，說來她其實不怎麼擅長和男性相處，可困窘的情緒也只停留一段時間，丙美優很快就著手眼前的正事。

「我帶了族譜過來，有些字變得很模糊，請見諒。」丙美優將皮箱交給奏星純，雖然早有心理準備丙家的歷史可能很悠久，但真正把族譜拿出來時，那一大卷分量足足讓奏星純與初塵傻在原地十幾秒。

「我看這好歹都有一千年以上的歷史……」初塵戴上矽膠手套後緩緩將丙氏族譜攤開，掂了掂這厚度和份量，估計這份族譜最少橫跨十個世紀。

奏星純同樣戴上手套，他一一看過每位丙氏家族的人名，越翻到後面字跡越模糊也越難辨識，尤其丙氏家族前期成員的人名皆以古文書寫時，別說是初塵了，就連丙美優也看不懂這些字。

「容我更正，是兩千年以上的歷史。」奏星純把手套脫掉扔進垃圾桶裡，並拿濕紙巾擦了擦手，「美優小姐應該不知道曾祖父之前的祖先人名吧？」

「是的，家父很少跟我提到這方面的事，他只有提到丙家的祖先都是了不起的人物，因此千萬不能讓列祖列宗蒙羞。」一提到父親，丙美優的神色不禁黯淡起來。

「真是嚴格的家教，不過倒是可以理解社長的心情，丙家族譜的記載在西元前就有了，最出名的人物便是麒麟閣十一功臣[5]之一的丙吉。」奏星純緩緩說著。

丙美優和初塵聽完後沉默了五秒，奏星純以為兩人都知道丙吉這位歷史人物，打算說說縷紅新草古董店這碼事時，初塵一臉認真地開口。

「感覺上是個了不起的人，不過，他到底是誰？」說完，初塵眼看奏星純要開始說明這位丙吉先生，趕緊補了一句：「不用把他所有雞毛蒜皮的小事全抖出來，只要告訴我那個丙吉幹過什麼大事就行了。」

初塵見識過奏星純誇張的記憶力和腦容量，大學時代彼此才剛認識時，初塵跟奏星純問了一個頗富哲學思考的問題：「如果上帝是全能的話，那麼祂是否可以創造一個內角和不是一百八十度的三角形[6]？」

還沒接觸奏星純之前，初塵就在校內聽過不少他的豐功偉業，許多人都驚嘆奏星純是個天才，當時年輕氣盛的初塵便想領教「天才」的程度在那裡。想不到奏星純聽到這個問題後，立即發表自己的見解和想法，初塵永遠記得這傢伙用「核心問題在於，上帝是否能夠在一個體系中，卻同時超越這個體系的基本規律，你想問的是這個對吧」作為開場白，進行了長達三小時的講解與說明……初塵事後認為在奏星純身上可以見證遺傳的偉大，畢竟皇太后的長舌功力也是有目共睹。

奏星純默默用「我最好有辦法把死了兩千多年的人所做的雞毛蒜皮小事全抖出來」的眼神看了初塵一秒後，簡單扼要地交代丙吉所做的偉業。

「漢武帝末年因聽信讒言[7]而殺害太子與所有和他有關聯的人，那時在郡邸獄[8]審理案件的丙吉，辛苦地保住了漢宣帝，並日後幫助他登上王位，是個活著惦記漢宣

注釋——

5 麒麟閣十一功臣：漢宣帝將十一名有功之臣請工匠繪在未央宮天祿閣西北，此處被稱為麒麟閣。未央宮是漢朝王宮，建於長安（今陝西省西安市）。漢宣帝的簡介請見 P.233 的詞條說明。

6 這個問題來自中世紀哲學家聖湯瑪斯・阿奎那（St.Thomas Aquinas）所提出的全能悖論。

7 史稱「巫蠱之亂」，起因是太子劉據被奸臣所陷害，漢武帝以為太子使用巫蠱詛咒他，便起兵鎮壓太子，劉據最後自殺身亡，所有與太子有關的人物不是被殺就是自殺，僅有漢宣帝劉詢活下來。詳情請見 P.225 的詞條說明。

8 郡邸獄，漢朝的王侯、郡守府邸中所設的監獄。

帝安危、死之前也盡全力為漢宣帝鋪路的人。」奏星純想起王朝社長在死前留下遺書這一事，忍不住小聲說著：「鞠躬盡瘁這一點看來是丙家的傳統，再者，由名字推測族譜上面有不少後代都是女性，但她們似乎是靠招贅的方式讓下一代也姓丙，雖然維持望族血脈而採用招贅這樣的例子不算少見，可居然能持續兩千多年……難道真的有什麼家族遺願必須要一代一代傳承下來去完成嗎？」

「先生有看出什麼嗎？」丙美優見奏星純看完族譜後嘴邊像是在低喃什麼，便關心問著。

「他很常這樣，這個時候不要去打擾他比較好。」初塵知道奏星純現在八成在尋找一些關聯性和線索，只要他陷入深層思考，就算天塌下來了他也會置之不理。

「好的。」丙美優露出釋懷的淺笑，初塵為了排遣這段等待時間，便和她聊起王朝瓷器的事。當然奏星純已經進入無我思考的領域，滿腦子都是社長被殺害時的畫面、死前就寫好的遺書、縷紅新草古董店、黑色手提箱、妖異奇情的畫師彷夕暮與必須延續下去的丙氏血統。

這些是目前比較可疑的線索，奏星純估計丙美優可能不知道黑色手提箱和古董店的事，但他還是向丙美優詢問這方面的事。

「對了，美優小姐知道縷紅新草這家古董店嗎？」

「沒有聽過。」丙美優搖了搖頭，「不過家父確實對古文物很感興趣，只要一聽說有古文物的展覽或拍賣，他都會排除萬難親自去看。」

「這樣嗎……」看來丙美優不知道社長去過縷紅新草古董，那麼應該也不曉得社長有帶一只黑色手提箱回來，事到如今也只能去古董店一趟才能判斷社長的死亡與這之間有沒有關係。

打定主意的奏星純立刻拿起大衣，丟下一句「美優小姐，我想到還有一些事要處理，請自便，啊對了，族譜方便的話請先留在敝社，有什麼問題都可以叫初塵幫妳解決」便走了。

看著奏星純離開的背影，初塵嘆了嘆，「真是的又來了，那個小美優啊，這是我的聯絡方式，基本上呢，如果有事的話，與其找星純倒不如找我，畢竟那傢伙只要動真格辦事就會一頭栽進去很難找到人。」初塵拿出簡潔俐落的名片給丙美優，這個時候小姐才發現這位先生的左手無名指上戴著鑽戒。

「初塵先生已經結婚了啊。」

丙美優目不轉睛地盯著初塵手上的戒指，指環的設計古典又優雅，是鶴鳥展翅的形狀，「第一次見到戒指是以鶴的型態打造，真的好美，啊，抱歉！我一看到漂亮的設計就沒有分寸，失禮了……」

「不會，我也很喜歡這款戒指，這是戀人設計的，鶴是一夫一妻制的動物，一生只會有一個伴侶。」

「感覺上尊夫人很浪漫也很有品味。」

「這個嘛……」初塵的視線飄忽到遠方，「他是男的啦。」

「欸？」丙美優一時反應不過來地歪著頭。

「是那個傢伙的表弟。」初塵比了比奏星純的辦公桌。

這下丙美優總算反應過來了。

「欸欸欸欸欸欸欸欸欸欸欸欸欸欸欸欸欸——！」

✣✣✣

循著初塵調查到的地址，奏星純把保時捷911 Turbo停在附近的收費停車格，然後徒步走到繁華商業圈的某條巷子裡。遠遠就看到那棟黑色基調的歌德式洋房，走近一看奏星純才發現洋房的尖形拱門雕飾著許多鏤空的紅蜻蜓，工藝精湛，蜻蜓的身形優美，完全沒有昆蟲醜陋軀體的厭惡感。

奏星純環顧四周，沒有招牌明確表示這裡是古董店，推測會進去這棟洋房的客人不是熟門熟路就是經人介紹，就像王朝瓷器的丙社長那樣。

在他盤算該怎麼進去屋裡時，洋房走出一名妙齡少女，她身上穿著黑紅色的牡丹旗袍，黑色如絲緞般的長髮柔順地垂在胸前，臉龐清秀還帶了點無垢的邪氣，讓奏星純聯想到電影《追殺比爾》裡的日籍演員栗山千明。

「客人，請問怎麼稱呼？」少女說著，聲音就跟搖曳的風鈴一樣好聽。

奏星純花了短短零點零三秒思考是否要用假名，可想想他這人的身家背景也沒什麼好隱瞞，便坦蕩蕩說了「奏星純」這三個字。

「那麼就稱呼您為奏爺吧，小女子名叫銀蓮花，是縷紅新草古董店不成氣候的看門犬，也請奏爺跟著小女子入內吧，希望您會在這裡看到屬意的古物。」

那位自稱銀蓮花的少女引領奏星純走進洋房裡，和頹廢的歌德式外觀不同，大廳巧妙地融合了十七世紀浪漫氛圍的巴洛克藝術與東方瑰麗的風采，歐式古典屏風搭配中國花鳥畫，架構東西合璧的衝突唯美，讓奏星純不禁看得出神。

只是光從大廳的樣貌無從判別這棟洋房在經營古董交易，確實眼前的擺設都繁華炫目，但和奏星純預想古董店應該有的模樣相差甚遠。

大廳並沒有擺上什麼令人注目的古藝品，既沒有中國唐三彩，也看不到新疆一千多年歷史的和闐玉，更不用說是日本知名茶具青瓷千鳥，顯然的，這個大廳純粹是用來招待客人，即使如此，單從一整套義大利經典百年沙發椅就讓奏星純暗自讚賞古董店老闆的品味不凡。

「請稍待片刻，主子等等就下樓了。」銀蓮花在一旁砌著熱茶。

奏星純邊聞著味道邊移動到精品展示櫃一看究竟，他盯著櫃子裡陳列的手寫詩詞，瞇起眼淡淡問著：「Fortnum & Mason 的伯爵茶嗎？」

「是的，奏爺真是厲害。」銀蓮花笑了笑。

「伏特加與現榨的檸檬汁混在一起後，倒入伯爵茶裡，相信我，妳會愛死這個味道。」感覺到銀蓮花砌茶的動作停頓了一秒，奏星純自嘲地補上一句：「抱歉我是個無酒不歡的人，但很建議妳這麼做，畢竟光喝茶太枯燥乏味了。」

料想瀰漫藝術氛圍的古董店也搬不出伏特加這麼世俗的玩意兒，他也沒有繼續酒和茶這個話題，而是坐回沙發上隨口一問：「妳家主子莫非喜歡頹廢風格的作家嗎？櫃子裡淨擺著泉鏡花和太宰治的作品，和這間古董店同名的小說《縷紅新草》開場詩句的真跡也妥妥當當地放在櫃子中，就以古董這個詞來說，兩位大師的作品確實都是特有行情的夢幻逸品。」

「是的，可惜是非賣品，畢竟我也是費了一番工夫才得手。」

伴隨這陣悅耳的聲音響起，一名穿著黑色絲質輕便西裝的男性從樓梯走了下來，儘管一身黑的打扮給人無法親近的冷漠，渾然天成的貴族氣息以及彷彿出身名門的優雅舉止卻讓人隱約有了好感。

但真正引起奏星純興趣的，是這名俊美青年藏匿在光鮮華麗的外表下冷淡傲慢的眼神，自恃甚高的傢伙他看多了，可從沒見過這麼冷情孤高的人。

和這雙琥珀色眼眸交會的瞬間，直覺狠狠地警告奏星純不要與這個人走太近，活在世上最重要的就是明哲保身，第六感告訴自己此人太過危險，恐怕日後會被捲入什麼萬劫不復的漩渦裡。

但體內上至細胞下至每分每秒流動的血液都在咆哮，就像聽到黃道十二宮連環殺人事件[9]一樣，讓奏星純整個人沸騰起來。

他很少用到這個名詞，不過此時此刻奏星純很想用「命運」這兩字來解釋兩人的相識。

奏星純確信這名青年往後一定會帶來許多棘手的麻煩，很不巧，這正是他想要的生活，天天都捲入絞盡腦汁的考驗中。

「我是辛紅縷，縷紅新草古董店的老闆，請問怎麼稱呼？」青年伸出左手，表現微微的友好。

「奏星純。」他露出愉快的淺笑反握了對方。

初塵之前看過王家衛執導的《一代宗師》後，經常把女主角宮若梅的台詞「世上所有相遇都是久別重逢」掛在嘴邊，久而久之奏星純也記得這句話，只是當下用久別重逢實在太矯情也太生疏。
確切點來說，兩人的相遇是冤家路窄狹路相逢。
他相信辛紅縷之後也會深深這麼覺得。

注釋——

9 黃道十二宮連續殺人事件：發生在六〇年代美國加州北部，被害人數「確定的」有七人，兇手在犯案期間不斷寄信挑釁媒體，並在信件裡隱藏密碼，目前仍是一樁懸案。

Episode 2

人性的證明・下

「那麼奏先生，來縷紅新草是為了何事？您看起來對古董絲毫沒有興趣。」青年的儀表談吐優雅謹慎，身上穿的西裝整齊地熨燙過，容貌俊秀且清冷，乍看之下就像精雕細琢的人偶。

「從哪個地方看出我沒有興趣呢？」奏星純不動聲色地問著。

「真心想來看古董的人，大多一進門就會問商品放在哪裡，可您似乎不在意這方面的事，本來縷紅新草只給喜愛古物的人進來，要不是您的外表極具藝術價值，否則肯定不讓您踏進大門。」辛紅縷喝著銀蓮花泡的伯爵紅茶，他聲音雖是好聽，但意外地用字遣詞頗為諷刺辛辣。

「藝術價值？」奏星純面露不解。

「我只欣賞高級的事物，您的容貌在我的眼

中是藝術品，要是您家道中落，非常歡迎您拿這張臉來典當，這筆費用肯定能讓您東山再起。」辛紅縷慢條斯理地說著，毫不隱瞞地道出奏星純全身上下最有看頭的就是那張臉。

所以說蓮花妹子會邀請他入內，純粹是因為這張臉是她主子喜歡的類型嗎？奏星純意識到這點後，立刻脫口而出「去你的」。

他忍不住修改心裡對這位青年的評價，原本還覺得辛紅縷人模人樣，現在只覺得這廝是個渾蛋，「我從出生到現在就一直維持在人生巔峰，家道中落什麼的目前不在計畫裡。」

聽到奏星純不雅的發言，辛紅縷只是露出一抹饒富趣味的微笑，一點也不介意粗俗的字眼。

「既然奏先生都來了，不如我帶您到處看看吧。」辛紅縷起身，帶領奏星純上樓打開各個房間，縷紅新草古董店是樓中樓設計，房間環繞著中空的大廳，每個房間擺設的古文物都有其類別，第一間放置的，便是文學音樂相關的藝術品。

說是藝術品，但奏星純看到的是一張張陳列在櫃子裡的詩詞與樂譜，上面沒有註明作者、作品名、年代之類的資訊，也就是說，客人得非常識貨才行。

奏星純不確定這間古董店販賣的是真品還是贗品，古董和玉器如果沒有經由專家鑑定，很容易就買到仿品，得不償失。遺憾的，從出生開始就邁入人生巔峰的奏星純對「鑑定」這方面並非全能，如果是鑑定死因他可以精確說出細節，至於文學樂譜等等，他的所知有限。

奏星純發現辛紅縷非常偏愛帶點厭世氣息的藝術品，他剛剛看到萩原朔太郎所寫的詩詞：僅僅是一種難以言喻的悲緒，如同這般生命與肉體逐步敗壞，在「虛無」朦朧的光景深處，妖豔且慵懶地依偎著你[1]。詩名是〈妖豔墓場〉，維持萩原朔太郎一貫焦躁倦怠的風格。

會對這位詩人的作品這麼熟悉，在於奏星純前年接手一樁委託，是調查自殺事件，一名在臥房裡拿美工刀割斷頸動脈的十八歲少年，死之前用血寫了一段話，「浮世各處折磨我身，身而為人的情感令人陰鬱憂傷」，奏星純查遍古今中外的文學作品，這才找到這段話的出處，是萩原朔太郎所寫的〈寂寞人格〉。那名用極端的方式自殺、宛如處刑自己的少年藉由這首詩，隱喻繼母多年來的虐待。委託人是少年的生母，得知鬱鬱寡歡的少年被逼到以死結束一生，生母最後作了一個瘋狂的決定，她支付龐大的委託費給奏星純後，將那名繼母綑綁在椅子上，並放火燒了那棟房子，連同生母本身也跟著一同火葬。

儘管星塵偵探社開業到現在上門的委託十之八九都是慘劇，心理素質高的奏星純總能迅速適應，不像性格浪漫的初塵，只要處理完下場悽慘的委託，就會失蹤好一段時間出國尋找自我。

看過一櫃櫃展示的詩詞曲譜，奏星純的腳步停在某個展示的樂譜前。

Mondscheinsonate。

月光奏鳴曲，貝多芬在西元一八〇一年所作的鋼琴奏鳴曲，被譽為人類言語無法描述的詩篇，總共分為三個樂章，靜靜展示在櫃子裡的正是最經典的第一樂章。

奏星純這人對音樂不怎麼感興趣，但拜皇太后所賜，他從小就學習鋼琴與小提琴薰陶心性，因此視譜能力[2]是水準以上，月光奏鳴曲的第一樂章他聽過許多次，對這

注釋——

1 文中節錄自〈妖豔墓場〉中的內容。此為萩原朔太郎的詩集《青貓》中的一篇詩作。詳情請見 P.226 的詞條說明。

首鋼琴曲不陌生，可櫃子上的琴譜與貝多芬所寫的月光奏鳴曲有很大的差異，編曲上相當瘋癲狂氣，與朦朧沉著的原曲大相逕庭。

「這應該不是貝多芬的真跡。」奏星純說著。

「是的，但收藏價值幾乎等同於原作。」辛紅縷輕聲開口：「李斯特獻給他的老師徹爾尼的曲子，這是李斯特所詮釋的〈瘋狂月光〉[3]。」

確實收藏價值直逼原作。奏星純暗自想著。

徹爾尼師從貝多芬，他讚賞李斯特在演奏鋼琴時跳脫規範的氣質，決定精心栽培這名學生，終於讓李斯特成為歷史上享譽盛名的鋼琴家。精湛絢麗的技巧與狂亂高雅的曲風是李斯特獨樹一格的特色，櫃子裡的〈月光奏鳴曲〉完美呈現這位鋼琴家天生的才氣橫溢，比原作更為撩亂得讓人刻骨銘心。

但這份樂譜，估計可以躺在架上好長好長一段時間，除非是李斯特的愛好者獨具慧眼地看上它才有可能被買走，不然憑這家古董店的經營模式（任何商品都沒有標示資訊），絕對不會有人發現這份〈月光奏鳴曲〉出自鋼琴大師李斯特之手。

雖然這樣的想法不是第一次，但奏星純再次認為這位古董店老闆的收藏喜好相當與眾不同，比起柔和的貝多芬原作，更喜歡李斯特詮釋的狂亂曲風，從大廳的展示櫃裡擺著太宰治與泉鏡花的作品來看，可以確定辛紅縷偏愛離經叛道的藝術，那麼，這位年輕的古董店老闆究竟賣了什麼東西給王朝瓷器的社長？

抱持滿腹疑惑的奏星純來到第二間展示廳，看到各式各樣的原文古書，例如司馬光主編的《資治通鑑》[4]手稿殘卷、俄國文學家杜斯妥也夫斯基所寫的《罪與罰》原稿等等，琳瑯滿目並寧靜地散發古老不朽的味道，直至目前，奏星純對縷紅新草古董店的商品都是走馬看花的態度，儘管心裡很佩服辛紅縷竟能入手這些東西，但說不定這就是老闆的手腕和能耐。

到了第六間時，奏星純一踏進門就被眼前展示的物品嚇出一身冷汗。

約櫃[5]，古代以色列民族的聖物。「約」這個字象徵上帝與人類訂立的契約，而

注釋

2—視譜：廣泛來說是看到樂譜當下能準確知道音階與速度的能力。

3—此為因劇情需求虛構的作品，詳情請見 P.227 的詞條說明。

4—資治通鑑：北宋司馬光主編的史書，詳情請見 P.228 的詞條說明。

約櫃便是放置契約的櫃子。

據說在西元前五世紀，巴比倫焚毀所羅門王於耶路撒冷建造的聖殿時，約櫃跟著毀壞在火海裡，之後無人親眼見過，因此到底有沒有約櫃一直是不解之謎。

這個謎一般的聖物，竟出現在奏星純眼前。

他明白這是真品。

聖經曾明確記載約櫃的模樣，這個櫃子無論形狀大小樣式都跟記載無異，純金打造、上方還有雲霧纏繞。可以肯定那個雲、那個霧並不是人工特效。

當然聖物無法不作任何防護地放置在房間裡，約櫃被透明的玻璃包圍，玻璃上刻著希伯來語，大意是「驚擾聖諭者，災難將禍及罪人攸關的一切」，擺明就是隨便亂動的話，上至祖宗十八代下至後輩十九代都不得好死。真是嚴厲。

這絕不是荷包夠深就有辦法買回家擺放的東西，潛藏在奏星純心中的疑問迅速擴大，他當下直接問道：「這櫃子，一般人應該沒辦法買得起吧？」

「您知道這是什麼櫃子嗎？」辛紅縷微微側著頭回答。

「約櫃。」奏星純環繞著玻璃櫃仔細看了一遍，「不可思議，沒想到傳說中的聖物真的存在，它的外觀就和聖經敘述的一樣，你究竟是用什麼方法得手？」

「這是商業機密，恕我無法透露，不過，奏先生居然能一眼就辨識這個櫝子的來歷，啊啊……不止外表，現在連您的腦袋我也感興趣了，這絕對是至高無上的藝術品。」一邊說，辛紅縷邊不著痕跡地打量奏星純，似乎在評估這個男人的價位大概是多少。

「等等，你口中的藝術品包含的範圍到底在哪裡？所謂的古董，是指那些具有歷史與文化美感的東西吧，如果你販賣的是宋朝畫家王希孟的〈千里江山圖〉[6]或者新疆天山碧玉刻製的地下軍團兵馬俑，這都無話可說，但你連人家以色列的聖物都拿出來賣，甚至還覬覦我的臉跟腦袋，這與古董兩字已經八竿子打不著了。」

「我認為古董是具有收藏價值的藝術品，不會隨著時間流動而貶低沒落，並且擁有獨一無二的美感，狂亂的美感、頹廢的美感、才氣的美感、神的美感，無論什麼都

注釋——

5—約櫝：古代以色列的聖物，詳情請見 P.229 的詞條說明。

6—千里江山圖：宋朝知名畫家王希孟於十八歲時繪製，也是唯一傳世的作品，詳情請見 P.231 的詞條說明。

好，只要讓我認定它可以放在縷紅新草古董店販賣，就是最高級的事物。」
想必這傢伙是將他列為「才氣的美感」這個項目裡，被人當作天才也不是頭一遭的事，奏星純已經習慣了，但是，辛紅縷方才提到神的美感，莫非約櫃真是出自上帝之手嗎？
不，現在不是研究神是不是真的存在的時候。
當下有件要事他非得從辛紅縷的口中聽到答案不可。
「你還沒有回答我普通人要怎麼購買約櫃這個問題。」奏星純謹慎地看向這名氣質不凡且帶著濃厚神祕感的青年。
辛紅縷回道：「實在話，我沒有義務回答您的疑問，可要是奏先生為此不光臨敝店，那將是我莫大的損失。將敝店的經營模式告訴您也無妨，您是聰明人，想必知道什麼是謹言慎行。」
言下之意就是他如果太口無遮攔，恐怕腦袋和臉皮會擺在這間古董店裡。
真是赤裸裸的威脅與恐嚇。
奏星純不以為意的回應，「相信你壓根兒就不擔心我會把貴店的祕密洩露出去，我都親眼見識你的人脈手腕有多高超，可以拿人家的聖物當古董變賣真有你的，我除非犯傻，不然就是活膩了才跟你作對。」

聞言，辛紅縷笑了笑，「像奏先生這樣敏銳冷靜的人已經不多見，我越來越中意您的腦袋了。」

「行了，別老是打他人組織器官的主意。」

「既然奏先生這麼想知道，我就誠實說了，一般人用金錢是永遠也買不起約櫃，不過，如果願意以其他東西支付，也許能得到這個櫃子。」辛紅縷知道奏星純沒有心思觀看其他房間的商品，索性回到大廳繼續享用還溫熱的伯爵紅茶。

「什麼東西？」

「生命，或者青春，請看看這個。」辛紅縷從旁邊的抽屜裡拿出一張紙遞給奏星純觀看，是契約書，上頭寫著各種規範，例如客戶只要簽下名不得反悔、任何後果自行負責、無法退貨等等，淨是些吃人不吐骨頭的條例。

「太超乎想像了……真的可以用生命來交易嗎？」在此之前，奏星純沒遇過這麼怪力亂神的狀況，想不到今天就讓他遇上所學與經驗擺平不了的事。

「奏先生可以試試，要是屬意約櫃的話，用您的容貌來做交易也可以，約櫃是聖物之一[7]，照理來說這麼貴重的東西敝店必須謹慎評估才會售出，但奏先生有資格獲得貨真價實的聖物，考慮看看吧。」辛紅縷喝了一口伯爵紅茶，冷清俊秀的臉上掛著一抹淺淺的笑意。

「吃飽撐著沒事幹才會買個中看不中用的櫃子回家擋路，大概只有宗教狂熱者才會不計代價買下約櫃吧。」

「不見得，奏先生，您知道約櫃真正的作用嗎？」辛紅縷看向奏星純輕聲開口。

「相傳獲得聖杯可以永生，得到聖槍能統治世界，擁有約櫃能取得近乎神的力量，不過這些應該只是誇大幻想出來的。」

「是真的。」從奏星純的眼裡看到訝異的神情，辛紅縷重複說了一遍：「那些傳聞確實存在，正因為如此，聖物無法恣意地出售給他人。」

不是開玩笑的。

雖然不知道辛紅縷為什麼要如此誠實，可奏星純明白到目前為止這名青年沒有說過半句謊言，同時，他也瞭解縷紅新草古董店和王朝瓷器社長之死脫不了關係，或許是社長和辛紅縷進行某種交易，付出的代價就是遭到撕裂死亡。

「你究竟賣了什麼東西給王朝瓷器的社長？」奏星純直接問了。

在辛紅縷身旁準備小點心的銀蓮花頓時露出警戒的眼神，讓奏星純瞬間想起三年前受國際刑警委託去拉斯維加斯調查新型毒品在地下黑市流通的動向，當地的恐怖分子經常用這樣的眼神打量每一個往來的人。

在初次見面時，銀蓮花便自稱是縷紅新草古董店不成氣候的看門狗，現在看來，這句話並不是說說而已，這名少女絕對有什麼過人的能力。

「奏先生不太像是警方的人馬，難道您是偵探嗎？」辛紅縷輕輕拍著銀蓮花的肩，少女頓時收了幾分戒心。

「沒錯，是個業務包山包海的偵探。」包括解決遺產糾紛、打跨國官司、幫國際刑警緝毒、調查婚外情、私生子血統鑑定……初塵之前曾說「這公司叫星塵偵探社實在太小家子氣了，應該要取作星塵萬事通」，奏星純也覺得該找個黃道吉日把公司名

注釋——

7　聖物：一般來說聖物是指聖杯、約櫃、聖槍（或被稱為命運之矛），有時會加上聖裹屍布。

稱改一改，看能不能順便改運。

「就算奏先生是受社長的遺族所託，基於保護客戶隱私這點，恕我無法提供交易內容。」說完，辛紅縷輕輕嘆了一口氣，「但是，若不給奏先生一個交代，想必今後很難在縷紅新草看到您的身影，好吧，我可以為您破例，無論多少次都可以，不過前提是奏先生得經常來敝店光顧，您意下如何？」

奏星純只能遠目，「我說你就這麼喜歡這張臉嗎？」

辛紅縷沒有直接回答，只是露出一抹難以言喻的笑意。

奏星純不禁一陣毛骨悚然。他從沒見過這麼稱職的外貌協會，居然肯為這張臉做出任何妥協，看過這屋子的擺設和那位倒茶水的銀蓮花妹子，他能百分之百肯定如果沒有高水準的外表，進不了這家店。

「我只喝添加酒精的飲料，如果像今天一樣拿伯爵紅茶招待的話，我馬上走。」事實上，他從進門到現在都沒碰過銀蓮花所泡的茶點，就連自己公司專門倒給客人享用的上等麥茶也沒喝過。

「可以，看來奏先生已經答應了這件事，甚好。」青年臉上的笑意更深了。

貼心的銀蓮花聽到主子辛紅縷都這麼說了，立即去櫃子裡拿出一份契約書遞給奏星純，他打開後看到社長的簽名以及「用五十年的生命交易傳國玉璽[8]，願承擔任何後果」這行字。

把契約書合上，奏星純迅速在腦中擬定幾個重點，首先，社長有欣賞古物的興趣，大概是為了追查傳國玉璽的下落，從丙美優帶來的照片來看，社長的臥房整齊乾淨無多餘的擺設，一個古董愛好者不可能房間裡連一件古董也沒有。

第二，傳國玉璽八成裝在丙社長的那個黑色手提箱裡。

第三，五十年生命是社長買下玉璽所付出的代價。

第四，傳國玉璽本身恐怕帶有什麼詛咒導致社長身亡。

據奏星純所知，傳國玉璽是中國皇帝的信物，秦始皇滅六國統一中國後，獲得和氏璧並將其打造成傳國玉璽，他命丞相李斯在和氏璧上寫「受命於天，既壽永昌」八個蟲鳥篆字，之後玉璽一路傳承到唐朝，至五代十國時失去蹤影。

注釋——

8｜傳國玉璽：秦始皇執政十九年時用和氏璧打造的玉璽，詳情請見 P.232 的詞條說明。

社長為何要取得傳國玉璽，這可能跟丙氏家族的遺願有什麼關係嗎？

奏星純閉上眼回想族譜上的每個人名，最後停在丙吉這兩個字，麒麟閣十一功臣之一，保下當年受巫蠱之亂牽連的漢宣帝，並終其一生都將心力奉獻給王與國的人。

「傳國玉璽在你這邊八成也不是說買就能買的東西吧？」奏星純問著。

「是的，但社長有足夠的理由和我交易玉璽，他的先祖從丙吉開始都為漢朝效命，一直到漢朝走向終焉之際，丙家將漢宣帝的遺體掩人耳目地運出陵墓，並妥善保存在地下墓穴。之所以這麼做，在於改朝換代時局動盪時，不少人會覬覦陵墓的陪葬品，即便是慈禧太后的陵寢也遭人大肆洗劫，就連她身上穿的衣物也不放過。奏先生肯定有耳聞秦始皇的地下陵墓至今仍在挖掘，多少人等著開棺驗屍並一窺始皇帝的真實面貌，這就是王室皇族的末路，在死後也不得安寧。」辛紅縷淡淡說著。

奏星純可以理解辛紅縷將傳國玉璽賣給社長的原因，丙家擁有漢宣帝的遺體，將傳國玉璽放在皇帝的身邊天經地義，但是，漢朝四百多年的歷史更替了二十九位皇帝，東漢的建國者漢光武帝、開創文景之治的漢文帝、帶領漢朝邁向盛世的漢武帝，這三人都比漢宣帝更加出色，為什麼唯獨就是漢宣帝，是因為丙吉服侍過他嗎？

「我不明白，為何是漢宣帝？」奏星純納悶開口。

「漢宣帝劉詢是中國五千多年來唯一在即位前就遭到牢獄之災的皇帝，剛出生數月就因為巫蠱動亂被丟進大牢裡，歷經蟲一般卑微的生活卻還能站在萬人之上的頂端地位，他是玉璽選中的人。如果漢宣帝沒有自殺的話，說不定現在您和我都在漢朝的統治下。」辛紅縷說著，語氣就跟「蓮花泡的紅茶最好喝了」一樣輕柔。

「什麼意思？」奏星純很在意那一句「如果漢宣帝沒有自殺的話」，如果他沒記錯，劉詢十八歲登基、執政二十五年，最後病死，跟辛紅縷口中說的自殺而亡有很大的出入。

「傳國玉璽只有皇帝才能得到它，如果沒有這個命格的話，那個國家很快就會敗亡了，相反的，皇帝要是被玉璽認同，受到傳國玉璽的祝福基本上不會衰老與死亡。」

「你應該知道中國歷史上的皇帝死了好幾打了吧。」奏星純說著。

「漢宣帝是玉璽遴選的君王，他一直維持登基時的樣貌，想必是恐懼這副不衰不老的身軀，因此選擇自殺一途，之後，漫長的王朝歷史再也沒有出現真正的帝王。這件事史書上隻字未提，但在丙家代代相傳的手札上卻明確記載漢宣帝的外貌不曾變化，丙吉相信劉詢是真正的天之驕子，因此交代後人務必要守護玉璽與漢宣帝。」

聽完辛紅縷的解釋，奏星純總算明白了。

受命於天，既壽永昌。這是刻在玉璽上的八個字。

意思是君王受上蒼委任治世，此生將永存。昌這個字，有存活的意思，太史公司馬遷在史記上的自序就用「順之者昌」說明順應天理者長存。

因此，被傳國玉璽認定為君王的漢宣帝不老不死這事，確實有可能。

「你剛有提到只有皇帝才有辦法拿玉璽，那麼，得到傳國玉璽的社長受到什麼詛咒？」奏星純開口問著。

「社長要交易傳國玉璽之前，我便再三警告他玉璽僅能為皇帝擁有，凡夫俗子持有它，就算只有一秒，也會被玉璽詛咒，七天內災難便會降臨在他身上。社長離開敝店已經過了一週，如今應該已經辭世了吧，不過這麼一來，糾纏丙家世世代代的遺願就能獲得解脫，可喜可賀。」

辛紅縷始終維持一貫斯文優雅的語調。

不知為何，聽到他的發言，奏星純忍不住冷冷說著：「這個結果不值得慶賀，你可知社長為了對獨生女丙美優小姐隱瞞自己即將要死的事，這段時間活得有多煎熬？他的苦悶僅能掩藏在留給愛女的遺書裡，這樣的情感勝過這棟屋子裡所有無病呻吟的詩詞真跡。」

他相信社長不止是為了家族，同時也為了丙美優獻身，作為父親一邊細數即將到來的離別，一邊寫下遺書，所有痛苦只能用一句「從今以後美優一定要過著自由自在的人生，去追尋妳的夢想與願望」來描述他對獨生女的寄託與疼愛。

這樣的無私奉獻對奏星純而言，遠超過泉鏡花筆下無法忍受屈辱跳河自盡的女性、與無賴一般寫下「生而為人，我很抱歉」的太宰治。

辛紅縷沒有被人這麼嚴厲的訓斥過，他面露訝異的神色沉默了數十秒，最後帶著苦笑開口，「奏先生真是個嚴厲的人啊，沒想到您冷靜的外表下居然有人情世故的一面，嗯……這一點倒不令人討厭，我虛心受教了。目前的問題我都一五一十地回答您，奏先生還有什麼想探聽的嗎？」

「沒有，打擾多時，我該走了。」奏星純不確定丙美優是否能接受這個結果，她的父親為了家族遺願付出五十年生命，並遭到傳國玉璽詛咒身亡，就算沒有詛咒，社長也無法活太久。

可以說社長從辛紅縷口中聽到代價與詛咒後，沒有一絲猶豫便決定承擔所有後果，他明白這筆交易要是再延遲一段時日，說不定就無法拿出五十年這樣的生命。

在深黑底色上細細描繪盛開過後逐漸枯萎的花朵，那只王朝瓷器最引以為豪的瓷盤，隨著社長的長眠，想必也成為絕響，現在看來那個瓷盤與其是人性缺陷的解讀，不如說是社長對「生命」的感嘆。

人生太美，只是好景不常。

要離開縷紅新草古董店的大門時，奏星純忽然想到什麼隨口問了一句：「不管是不是為了這張臉，你的表現都太誠實了，這是為什麼？」

站在後頭親自送客的辛紅縷笑了笑，「我認為奏先生這樣的人，如果不給點危險與刺激的話，肯定會讓您覺得了無新意索然無味，我的誠實，是為了讓您對敝店念念不忘的圈套。」

「要不是已經先答應你得三不五時來這邊走動，否則真不想跟你還有這家店扯上關係。」沒好氣地冷哼一聲後，奏星純便離開縷紅新草古董店了。

◆◆◆

隔天奏星純將調查出來的完整報告交給丙美優，這名務實的年輕女性得知父親是為了讓她不受到家族拘束，捨命獻身地了結丙家兩千年來與漢朝王室的糾葛，她不發一語看著父親留下來的遺書，就這麼一動也不動地維持數分鐘後，終於哭了出來。

正因為是丙家一代相傳一代與生俱來的責任感，丙美優絕對不會質疑父親為什麼要這麼做，儘管她的哭聲中參雜許多悔恨與感傷的情緒，那都是因為她直到現在這一刻，才真切地感受到父親給予的愛有多深。

一旁不斷遞衛生紙與熱茶的初塵一邊安撫丙美優，一邊用「拜託你以後不要接這種讓人想哭的委託，我玻璃心承受不了這些」如此控訴的眼神哀怨地看向奏星純，而他理所當然地全都無視了……

「非常謝謝，已經沒事了。」意識到自己居然在兩名大男人面前大哭起來，丙美優頓時想消失在地表上，「很抱歉，我失態了……想問先生，委託費用大概是？」

「就用王朝瓷器最經典的黑底紅花瓷盤來支付吧。」奏星純說著。

以抵消了。

「欸？」她已經做好心理準備這筆委託費可能是筆天價，沒想到只要用瓷盤就可以抵消了。

「要繪製枯萎的紅花除了社長以外，沒有人可以畫得如此傳神，這只瓷盤現在已成絕響，但我想美優小姐手邊肯定還有社長遺留下來的瓷盤，是否能割愛給我？」

「可以的，謝謝您喜愛家父的作品，我這一兩天就會送過來，這次真的很感謝兩位。」幾番連聲道謝，丙美優就搭電梯離開了。

那個時候，無論是奏星純還是丙美優，都認為丙家與漢宣帝的關聯已經結束，但她與那名千年前就死去的君王如蜘蛛絲般黏膩致命的糾纏才正要開始，不過這也是之後的故事了。

目送小姐遠去後，初塵嘆了一口氣說道：「感覺那家古董店賣的都是一些會引來天災人禍的東西，我看星純你之後還是少去為妙。」

「來不及了，我已經答應老闆要時常去報到。」奏星純忍不住拿起雪茄開始抽悶菸。仔細評估下來他其實沒什麼損失，不過就是去古董店走了一趟，這種小事不用太計較。真正讓奏星純鬱悶的是辛紅縷不時用「這張臉以及這個腦袋究竟要怎麼保存呢」這麼危險的眼神打量他，保不齊他下次過去被銀蓮花在茶水裡摻藥昏迷，就這麼成了古董店新的展示品，想想就覺得晚景淒涼。

雖然辛紅縷那廝應該不屑用這麼卑鄙無恥的手段……

「看來老闆跟你相談甚歡。」初塵說著。

「不是，是跟我這張臉相談甚歡。」奏星純還加重了「這張臉」三字。

初塵深感同情地拍了拍奏星純，「我說真的，你要不要去毀容？」

奏星純扶額，用深惡痛絕的語氣簡潔明瞭地發表他的心得感想——

「……給我滾！」

第二篇

至尊寶戒

「那麼，請告訴我這家店取名為縷紅新草的原因。」

「我在看過《縷紅新草》這本小說後，認為人如同在莎草裡低飛的紅蜻蛉，自以為能掩飾卑怯的內心，並且裝模作樣地活著，可此世這般苦痛，無法忍受折磨的人想必會像《縷紅新草》中的那名女性一樣走向自我毀滅一途。」

「所以，你把這間店取為縷紅新草，是形容那些自取滅亡的客人嗎？據我調查，來這間店交易的客人幾乎有八成都不得好死，」

「看來我成功地吸引奏先生的注意力了，您果然對我以及敝店很好奇啊。」

「你是人類吧？」

「是或不是，等日後我們的距離更近時再告訴你。」

楔子

佛洛伊德不得其門而入的哀愁
骯髒的自戀美學
無垢軀殼渴望體溫
不諳人世醜惡
少年少女殘敗的青春
蟲蟻相繼啃食枯花

文學系出身的表弟是個心思纖細且性情古怪的人，他在十七歲時寫下名為〈哭花〉的詩詞，說是要紀念為了讓男友每天有錢花，甘願下海當雛妓的十二歲少女，那名少女是他的隔壁鄰居。

鼎鼎大名的心理學家佛洛伊德也無法解釋的盲目衝動，以為愛就是一切的無知少年少女，為了癡情自我毀滅，最後淪為社會最低階的奴隸，這是

詩篇的大意。

是因為憐憫少女而寫下這首詩嗎？

不，並不是，那個傢伙只是人間觀察而已，這則詩篇是他觀察後的感想，他從頭到尾都沒有對這名自甘墮落的少女伸出援手，只是在一旁靜靜看著。

當然，隨著年歲增長，表弟已經不是這麼冷若冰霜的人了，他稱過去十七歲的自己是「自以為是的渾蛋」。

非常貼切的用詞。

我一直覺得「人間觀察」是神才會有的姿態，那名叫作辛紅縷的青年就很接近神該有的思想與態度，冷淡並高高在上地觀看人們為了各種理由付出代價而自食後果，不感動也不厭惡，最多只會說一句「這是一筆好交易」。

偶爾我都不禁懷疑，「那個」是否能被稱為人。

Episode 1

無垢的殘暴・上

一如既往散發微微涼意的早晨，奏星純一如既往在周遭男男女女的注目下，前往咖啡店買杯咖啡。

他原本很享受左鄰右舍讚嘆的目光，不得不承認這張臉確實長得很好看，但最近他才剛因為這張臉惹來不少麻煩，尤其某個傢伙時不時就想要將他的臉擺在古董店裡仔細欣賞，只要想到這件事奏星純總會一陣毛骨悚然。

走出咖啡店後，奏星純在星塵偵探社大樓附近看到彷夕暮的身影。

他確定是那個風格妖異鬼魅的畫家彷夕暮沒錯，前陣子為了調查王朝瓷器社長的死因，奏星純從攝影機拍到的畫面，看到社長在美術館與這名畫家偶遇，是彷夕暮介紹社長到縷紅新草這家古董店。不可思議的，彷夕暮本人比攝影機看到的還要年輕許多，從外表推測年齡頂多只有二十五歲……當然彷夕暮肯定不止這個歲數，他三十五歲便展開世界巡迴畫展，那已經是三年前的事了。

確切歲數是三十八歲，外表卻可以拉低年齡到二十出頭，奏星純第一次感受到娃娃臉這三個字有多恐怖。

彷夕暮正拿著一張紙東張西望，不巧看到奏星純，便露出無比感動的表情往他的方向走過來，見面的第一句話便是——

「太好了，不費吹灰之力就看到紅縷愛不釋手的寶貝，果然就像小蓮口中說的，這張臉是個稀世珍品，有保存起來的價值，也請先生要好好照顧這張臉，它實在太值錢了。」

這傢伙怎麼一開口就這麼讓人討厭？說的一副這張臉是借放在他身上一樣。

而且那句「紅縷愛不釋手的寶貝」是怎麼回事？他的身分已經從「縷紅新草古董店永遠竭誠歡迎的貴客」升級成「老闆辛紅縷不對外公開的寵物」了嗎？

「去死。」奏星純不悅地擠出這兩字，「彷夕暮先生是吧，你究竟有什麼事？」

「昨晚縷紅新草發生了一點事，我受小蓮所託前來找奏先生協助調查。」彷夕暮瞄了手錶一眼說著：「事不宜遲，奏先生可以跟我去一趟縷紅新草嗎？」

「你口中的小蓮是銀蓮花吧？」奏星純突然問著，並拿起手機發了一封簡訊給初塵，告訴他今天會晚點進公司。

「是的，她是我太太。」彷夕暮露出人生勝利組得意的微笑。

聽到這句話，奏星純的手機差點摔在地上……

「F*CK！她是你太太？」原本想丟出一句「誘拐少女踏入婚姻你他馬的是不是人」，可想到彷夕暮這傢伙外表二十出頭實際年齡快邁進四十大關，搞不好銀蓮花也是這種狀況，便低聲說了：「借問一下，妹子她今年貴庚？」

「二十八，但完全看不出來對吧哈哈，我和她走在街上很常被誤認成是學生情侶，真是怪不好意思的。」

很好，還知道羞恥。

奏星純一邊拎著咖啡前往停車場，一邊說道：「那麼請你的小蓮準備愛爾蘭威士忌吧，我等等要用到。」

「愛爾蘭威士忌加咖啡嗎？聽說奏先生只喝有加酒精的飲料。」和奏星純一同走到停車場並看到那台銀色的保時捷，彷夕暮冷不防說了一句：「看來是個菁英且充滿知性，難怪紅縷這麼喜歡你。」

「夠了。」對彷夕暮比了比副駕駛座的位置，示意他坐進去後，奏星純發動油門帥氣俐落地開出停車場，「你和那個人認識很久了吧？」

「啊啊，好歹有十年以上的交情，我的父親曾向他交易古董，和紅縷是透過這層關係熟識起來的。」

奏星純決定不問彷夕暮的父親是否還活著，不過這個娃娃臉的父親跟辛紅縷交易過，那麼古董店老闆的年齡恐怕比外表還高出好幾倍。

認識辛紅縷這號人物開始，有個疑問一直盤踞在奏星純心中，那個人……辛紅縷，他是人類嗎？

不溫不冷維持一貫斯文腔調的說話語氣、既不期待也不落寞的瑰麗眼眸、單薄而清冷的身影與優雅端正的舉止，辛紅縷就像一隻擁有人類外皮的異形生物，來到這個世界用各式各樣的古物蠱惑人們用生命與青春和他進行買賣。自身情感非常冷淡且寡情，即使面對他嚴厲的指責，辛紅縷也只是用「我虛心受教了」代替「明白了，我之後會謹慎用詞」，那個人到頭來一點也不明白丙社長捨命獻身的真意，對辛紅縷來說，這只是一筆交易。

「你的畫有在縷紅新草古董店販賣嗎？」奏星純問著。

彷夕暮看著擋風玻璃外頭的景色，他沒有馬上回答奏星純的問題，而是過了幾秒才緩緩說道：「很可惜的，我還無法得到他的認同，紅縷他認真起來可比我還厲害了，我的作品在他眼中充其量只是一張有顏色的圖罷了。」

難道說這個娃娃臉會畫那些詭譎魔魅的圖是為了迎合辛紅縷的喜好嗎？不，這個結論下得太膚淺了，也許當中包含著彷夕暮個人的興趣，可不難看出娃娃臉為了讓辛紅縷收藏他的畫付出多少努力。

就這麼想要得到那個人的讚賞嗎？

奏星純想起充滿文學氣息的表弟在許久前曾說「星純是長輩們爭相寵愛討好的對象，你天生條件好，人長得好看又聰明，因此不需要特別迎合誰。但是對資質普通的人來說，你的存在相對礙眼，星純的一點點努力勝過別人十年來的認真，所以才不懂賤民的自卑與愚蠢」這番話，他那時想不通為何表弟要使用「賤民」這個詞，多年以後無意間問起初塵這事，才從他的口中得知所謂的「賤民」泛指社會上可有可無的平凡人。

他承認自己過去太過高傲，時不時就擺出「天才做什麼都出類拔萃」的態度，現在想想，那個時候真不知道自己憑什麼可以跩個二五八萬，這或許是他對「賤民」無意中興起的優越感。

儘管今非昔比，奏星純仍覺得自己是個不夠柔軟的人。

把車停好與彷夕暮一同來到縷紅新草古董店，一踏進門就看到辛紅縷待在大廳裡戴著手套觀看一本古書，神情嚴肅並專注地閱讀書上的記載，見到奏星純到來便請他坐在對面的沙發。

他有預感和辛紅縷的對談會花上一段時間，問了銀蓮花愛爾蘭威士忌和廚房在哪裡後，為自己準備一杯咖啡調酒然後坐在沙發上，奏星純用餘光瞄了古書一眼，好樣的，是冰島語，所幸冰島語他在五年前就學起來了。二〇〇八年時冰島發生金融危機，境內銀行轉為國有化，連帶影響冰島幣大幅貶值，直到現在星塵偵探社三不五時會接到冰島跨國官司的委託以及調查私人財產這等事。

「《史洛里埃達》[1]，冰島詩人史洛里斯圖拉松在十三世紀完成的神話類散文，可我記得這本書的手稿不是保存在冰島國家圖書館？」奏星純閱讀書上的文字與泛黃破損的程度，確定是《史洛里埃達》的手稿沒錯，應該待在國家圖書館裡的東西怎麼淪落到這間古董店來？

辛紅縷淡淡說道：「冰島在二〇〇八年宣布破產時私下變賣不少東西，這本書便是當時金融海嘯期間獲得的文物，說實在我對這本書的內容沒有半點興趣，會入手也只是因為某種緣故。」

「那個緣故是你今天叫我來的理由嗎？」奏星純喝著咖啡調酒問著。

「是的，安德華拉諾特，記錄在這本書上的一枚戒指，能使黃金分裂增值以及帶領持有者找到金礦，它同時是北歐神話中殺害巨龍的英雄齊格飛的所有物。」辛紅縷把書合上隻手撐著頭，模樣似乎有些疲憊。

「你說太少了吧，齊格飛因為這枚戒指導致他、以及與他攸關的人全捲入不幸的深淵裡，另一個方面來說，這枚戒指也帶有詛咒。」學生時代打發時間看了不少神話故事總算在此時派上用場，奏星純嘆了一口氣，在辛紅縷提到安德華拉諾特這個名詞時，他的直覺反應是「莫非要我去地下市場或古董拍賣場探聽這枚戒指的行蹤嗎？老子的業務真是包山包海啊」，一言以蔽之就是──有麻煩上身的預感。

「說吧，你有什麼委託？我的行情雖然居高不下，但之前那宗傳國玉璽的事還欠你人情，這次要我義務幫忙也可以。」

「傳國玉璽的事，您已經允諾我會經常來敝店，因此這次還請您務必照行情計算，畢竟是個不輕鬆的工作。」辛紅縷不著痕跡婉拒奏星純的好意。

銀蓮花在此時拿了一張圖給奏星純，上頭畫著一枚金色戒指，辛紅縷喝著紅茶輕聲說道：「我請夕暮畫下安德華拉諾特的模樣，它的大小就與一般戒指相仿，昨天晚上縷紅新草闖進幾位年輕人，說是無意間發現這條巷子裡有洋房想進來觀看，碰巧蓮花昨日不在，我很難提防所有人，其中一位便趁我不注意偷走了這枚戒指。」

奏星純看了看安德華拉諾特的模樣，尺吋跟普通的戒指無異，上頭刻著女武神布

注釋──

1 史洛里埃達：冰島詩人史洛里斯圖拉松所著的神話類散文，請情請見 P.235 的詞條說明。

倫希爾德的名字，她是齊格飛的戀人，在相關的故事記載中，布倫希爾德最後也因為這枚戒指而喪命。

連神也會被這枚戒指詛咒，奏星純突然同情那位偷走戒指的年輕人，不知他現在過得是否安好？

「要追查這枚戒指的下落對吧？你們這裡有……」奏星純環顧了古董店的大廳一圈，很好，沒有監視器。

「你們這裡沒有監視器，說的也是，上次來的時候我就應該發現到，連契約書都是用手寫而不是打字，你這裡可真是二十一世紀裡的古代遺跡。」

「科技是文明而不是文化，沒有歷史流轉的軌跡與當時風俗民情的刻紋，不具任何美感，只是人類方便生活的工具，在這裡沒有存在的價值。」辛紅縷原本還想繼續說什麼，卻被奏星純打斷了。

「先不管你有多討厭科技產品好了，這裡隨便一件東西動不動就帶有詛咒什麼的，你以為這間屋子裡的玩意兒禁得起偷？做好保全是身為古董店老闆的責任吧，戒指被人偷雞摸狗帶走絕對是對方手腳不乾淨的錯，但你也得反省這間店的防護措施是不是太差了？這次是齊格飛的戒指，下次搞不好就是中國名劍干將莫邪了，雖然我是不知道你們這邊有沒有。」

奏星純一說完，就看到銀蓮花妹子難過得頻頻掉淚，她身旁那位娃娃臉畫家又是拍肩又是擦眼淚，大庭廣眾之下就在他眼前大放閃光……奏星純可以理解妹子會哭是心疼她家主子大清早就被人訓話，是條忠心護主的看門犬沒錯，但夫妻倆順便放閃太可惡了，簡直不把他這個單身王老五放在眼裡。

奏星純瞄了彷夕暮一眼，整張臉寫著「還不快點把她拖去旁邊，人家講正事妹子在一旁哭得抽抽答答，這說得下去嗎」這樣明顯好懂的訊息，彷夕暮尷尬地笑了笑就把銀蓮花帶去古董店後院。

閃光走遠了，奏星純心情愉悅地喝起咖啡調酒。

哥是很有行情沒有錯，可始終沒有交往對象，大概女性同胞看到他那張臉，第一個想法就是帥，再來就是「肯定不乏紅粉知己或女友」，最後結論「天菜降臨，高不可攀」。

上星期奏星純下班後去夜店小酌一杯，聽到平常有往來的女性同胞如是說「星純整個人上上下下都很完美，就是太完美才會讓人覺得這男人不屬於任何人」，一語蓋棺論定他是一輩子的鑽石級單身漢，奏星純聽完後他馬的想為自己喊冤，這年頭莫非還流行「只可遠觀不可褻玩焉」？總之不管有沒有流行，他始終友好的女性同胞很多，但長期單身中。

第二次被奏星純訓斥的辛紅縷，臉色比上一回更加難看，儘管什麼話也沒說，但奏星純完全可以解讀辛紅縷目前的思緒，那就是——真的要在這家店安裝監視器嗎？那種毫無美感、沒有保存價值、連藝術品也稱不上的東西無論架設得有多隱密，都讓人渾身不舒服……

「說到這個，拿到安德華拉諾特的人會如何？」奏星純決定不理會辛紅縷的憂鬱，直接更進一步問著。

「這枚戒指會履行它應有的能力，帶給持有者源源不絕的金錢，但過不了多久戒指便會反噬持有者，所有與他有關的人都會遭逢慘絕人寰的下場，如果只是降臨災厄在持有者周遭身上那還算小事，可問題出在那名年輕人未經敝店同意便私自帶走戒指，簡直是把飢餓已久的野獸放出牢籠一樣，那枚戒指即使對神也面不改色展現凶殘的本性，落入平凡人的手中，肯定會變本加厲吧。」

辛紅縷那張臉意外地浮現困擾的神色，當然奏星純明白這傢伙會困擾絕不是因為戒指會帶來巨大的災害，而是回收戒指這事拖越久就越麻煩。

完全不管他人死活，這點大概也是辛紅縷最不像「人」的地方。

「時間一拉長，戒指很有可能危害到不相干的人嗎？」奏星純問著。

「是的，七天之內都算是安全期間，超過七天就很難收拾了，奏先生能否預估取回戒指要多久？」

「這條巷子外的街道都有架設監視攝影機，畢竟是繁華商業圈，要從攝影機裡追查那些年輕人不難，最花時間的地方是辨識身分，估計這件事得用上三個工作天，而且還得保佑攝影機擷取的影像解析度不會太差，不然還得追加一個工作天。再者看樣子你也無法確定是誰摸走戒指，因此得一個一個調查，雖然可以選擇坐以待斃的方式，你剛有提到戒指會帶來龐大的財富，這群年輕人之中要是有哪位突然致富起來，大概就八九不離十了，只是戒指本身有詛咒，我要怎麼全身而退？」

奏星純只要想到他還得入侵中央監視系統就覺得頭痛，初塵上次追查王朝瓷器社長的動向，在駭進監視系統時不小心留下蹤跡，被某個腦袋好使的刑警抓包了，所幸他平常和國際刑警那邊維持不錯的交情，對方也只是口頭警告幾句，但想必之後駭進中央系統得花上更多時間。

「請將這件物品帶在身上以防萬一。」辛紅縷從櫃子裡拿出一枚金屬書籤，下方繫著典雅的流蘇，書籤上有「縷紅新草」四字雕花。

「書籤會讓戒指認為奏先生是敝店的人，它的詛咒不會對您有任何作用，可以的話，希望奏先生長期帶在身上。」

「嗯哼，貴店的人嗎？」奏星純不情不願地將書籤放進大衣的口袋中，「先這樣了，有什麼進度我會隨時跟你聯絡，喔對了，你這人沒手機總該有市內電話吧？」

「請收下。」辛紅縷慎重地將名片交給奏星純，上頭寫著地址與電話號碼。

「OK，走了。」

拿到名片後奏星純沒有耽擱便回到星塵偵探社，電梯門一開就看到初塵與一名中年男性在對談，男性的表情一直處於驚恐慌張中，奏星純隨手拿了一張紙在上面寫了幾行字，交給初塵後便接手這位客人。

初塵雖然是個性格外放的人，但由於他自小和父親的關係非常惡劣，因此對年長男性很沒辦法，只要跟超過六十歲以上的人談話，使用的字彙幾乎只剩下「嗯」、「我有在聽」這兩種。

「先生，有什麼要幫忙的嗎？」奏星純倒了一杯溫麥茶給男人順便趁機打量他，男人的臉上布滿細汗，身上那件西裝外套皺巴巴，散發一股微微的霉味，推測很少從衣櫥裡拿出來穿。男人不是從事服務業，較有可能是工人或需要付出體力的職業，雖然他的皮膚是普通的肌色，可手臂的肌肉與厚重的繭說明他經常勞動。特地穿上西裝是因為要來星塵偵探社談正事，這男人並沒有與社會脫節太多，顯然還知道一點生活常識，不過學歷偏低，不知道八顆釦西裝是參加喪禮才能穿。

「是、是這樣的，有件事情想委託你們處理，是個非常重要的事，千萬不能洩露委託內容，拜託拜託。」男人的聲音聽起來很焦急，手上的紙杯都快被他掐出水來。

「請先說說看是什麼事，我保證無論是否承接這件委託，都不會洩漏裡面的內容。」奏星純的態度就跟往常一般，雖然知道男人沒什麼學識，但不需要因此藐視別人。只是，讓他感到疑惑的是男人如果認為委託內容極為機密，就得慎重挑選偵探社，不然上一間拒接然後拜訪下一間，這樣下來好歹會有三家偵探社知道委託的資訊，那麼假設男人一開始就決定要來找星塵偵探社好了，稍微在網路上打聽也知道這家偵探社很敢開價，不可能沒考慮委託費就貿然前來，這個男人到底擁有什麼祕密讓他能這麼瞻前不顧後？

「可以的話，也請寫下切結書，有、有個保障比較安心。」男人從西裝裡抽出一張紙遞給奏星純，潦草的字跡寫滿要對方擔保委託內容不會告知第三者的條約。

奏星純無奈地把那張紙上的一字一句耐著性子看完，不可思議，字應該是男人寫的，但裡面的用詞遣字卻流露知識分子的氣息。

八成有人指導男人切結書的條例，奏星純看完後在最下方簽上自己的名字，並交給男人。

「現在你可以說了吧？」

「好好好，請看這張照片。」男人像是拿出珍寶般小心謹慎地把一張照片放在桌上讓奏星純看，照片上是一名年輕貌美的少女，有著不凡的豔麗與尊貴的氣質，眉宇間散發一股出身名門的傲氣，宛如歐洲王公貴族。

「接下來的話極為重要，希望先生能好好聽。」男人壓低聲音說著，奏星純點了點頭，並想著男人會帶來什麼樣的驚喜。

「這名少女，是伊莉莎白彼得羅芙娜女皇的後裔。」男人給出了動搖時局的震撼彈。

Inconceivable，俄羅斯史上最強大的羅曼諾夫王朝居然還有王室正統後裔！

奏星純不敢置信地盯著那張照片。

伊莉莎白彼得羅芙娜[2]是俄羅斯的女沙皇，十八世紀重要的掌權者之一，儘管喜好奢侈且放任親戚攝政，被評為政治低效能，卻在軍事上有獨到的見解與眼光，她在七年戰爭[3]裡與奧地利和法國聯手打敗日益崛起的強國普魯士（後來的德國），並在外交上也有優異的表現。她終生未嫁膝下無子，傳聞伊莉莎白女皇與寵臣拉蘇莫夫斯

注釋——

2—伊莉莎白彼得羅芙娜女皇：彼得大帝的女兒，羅曼諾夫王朝第十任沙皇，詳情請見 P.236 的詞條說明。

3—七年戰爭：指 1754 年到 1763 年爆發的戰爭，當時的歐洲列強皆有參戰。俄羅斯帝國起初與奧地利同盟，但在 1762 年沙皇彼得三世即位後改變立場，與普魯士單獨締結合約。

基有私下結婚，那名寵臣手上還有兩人交換的戒指，如果這名少女真的是伊莉莎白女皇的後代，那枚戒指是唯一可以證實身分的信物。

如此一來，沙皇華麗的遺產將重新帶給俄羅斯新的局面。

西元一九一七年俄羅斯爆發十月革命，末代沙皇尼古拉二世[4]與他所有家人遭祕密警察槍決處刑，羅曼諾夫王朝正式滅亡，之後一直陸續傳出尼古拉二世的女兒安娜塔西亞尚在人世的消息，並不斷出現安娜塔西亞的冒充者，之所以會有人假冒王室成員，在於沙皇遺產太過龐大，這點相當吸引人。

可最大的問題是就算這名少女確實是伊莉莎白女皇的後代，也無法繼承這筆遺產，畢竟她在羅曼諾夫家族中並沒有留名。

「想要我們處理什麼事情？」奏星純問著。他心裡大概有個底，這位男性找上門不外乎就是為了那筆遺產，唉，結果又是一樁八點檔委託，只是層級變得很高端，但還是八點檔。

「請你們恢復她身為王室的身分。」男人終於說出委託內容。

奏星純說道：「先生，羅曼諾夫王室不乏私生子女，亞歷山大一世[5]晚年私生活不檢點，他的近侍女官還懷有遺腹子，但都不被王室承認，所以我無法幫助這名少女恢復王室身分。」

男人的臉上瞬間蒙上一層陰霾，就這樣一語不發地看著照片，奏星純以為他已經打退堂鼓，想不到男人說了更加驚悚的內幕。

「這名少女是伊莉莎白女皇與拉蘇莫夫斯基元帥的女兒，女皇為她訂做一枚戒指，上頭有她完整的姓氏，她是羅曼諾夫家族的一份子沒有錯！」

奏星純深吸一口氣，冷靜地問著：「她還活著？」

「是的，就和照片上一樣。」

「她手上有婚戒與結婚證書或是女皇的書信嗎？」

「當然有！」感覺到奏星純可能會接下這個委託，男人欣喜若狂地說著：「你確

注釋——

4—尼古拉二世：俄羅斯的末代沙皇，詳情請見 P.238 的詞條說明。

5—亞歷山大一世：羅曼諾夫王朝第十四任沙皇、第十任俄羅斯帝國皇帝。由於亞歷山大一世於拿破崙戰爭中擊敗法蘭西斯第一帝國的拿破崙一世，復興歐洲各國王室，因此被歐洲各國和俄國人民尊為「神聖王、歐洲的救世主」。

定有這個辦法為她正名嗎？如果沒問題我立刻帶她和你要的東西過來。」

「可以，但委託費就是那枚婚戒，願意讓出的話，你現在就可以把人和相關物件帶到這裡。」奏星純淡淡說著。

「等我半小時。」男人說完，就急急忙忙搭電梯下樓了。

「拜託你不要老是接一些吃力不討好而且還莫名其妙的工作，那名伊莉莎白女皇都躺棺材幾百年過去了，她的私生女怎麼可能還活著嘛。」初塵見男人走遠，一邊駭進中央監視系統一邊抱怨，「話說你在進門前又接了什麼委託，為何要我調查昨天晚上商業圈的監視器？」

「是個比羅曼諾夫王室更複雜的委託，別嘮叨了快做事。」奏星純拿出縷紅新草古董店的名片，沒想到這張紙那麼快就派上用場，他在手機上輸入號碼隨即撥打出去，沒有多久便聽到銀蓮花的聲音——

「縷紅新草古董店您好，請問需要什麼服務？」

「妹子啊，妳家主子在嗎？」奏星純拎著手機想倒杯水解渴時（雖然機率很低，不過他偶爾也是會喝白開水），看到桌上那張照片，男人走得太匆忙，連照片都忘記收回。

「欸、是奏爺，您等等，我請主子接電話。」銀蓮花的效率優秀，沒讓奏星純等太久，就聽到辛紅縷斯文柔和的聲音了，「您有事找我？」

「鑑定活古董，有沒有興趣？」

「哪方面？」

「伊莉莎白彼得羅芙娜女皇的私生女。」

「現在嗎？」

「之前就有傳聞羅曼諾夫家族愛遲到是天性，王族嘛，只有別人等他們沒有他們去等人，你慢慢來就可以，反正天黑了才會看到對方的人影，記得帶妹子來幫你泡茶，我這邊沒有 Fortnum & Mason 伯爵紅茶這東西。」

「知道了，我準備準備就過去。」

結束通話後，奏星純這才意識到他居然會找辛紅縷幫忙，從前不管遇到什麼麻煩事，他都堅信自己和初塵能解決所有事情，那是因為他很難相信別人，不，換個說法是他只相信能力一樣卓越的人。

辛紅縷在古董這方面是個專家，就算他有偏愛的美學與風格，還是有獨特的鑑賞力，戒指究竟是不是伊莉莎白女皇與拉蘇莫夫斯基的信物，他應該一看就知真偽。

說來這個委託對外人而言破綻百出，第一，誕生在十八世紀的人不可能現在還活著。第二，伊莉莎白女皇若有子女，為何不讓她繼承。第三，羅曼諾夫王朝已經滅亡了，現在是聯邦民主制度，就算恢復王室身分也有名無實。

歷經王朝瓷器社長離奇死亡，以及親眼見過聖物之一的約櫃，奏星純已經能接受十八世紀的人到現在還活蹦亂跳，至於伊莉莎白女皇為何不讓這名少女繼承羅曼諾夫之名，在於那位寵臣並不是王室貴族，兩人的戀情只能地下化，儘管當時俄國貴族都對這名寵臣的地位心裡有數並尊稱他為「陛下」，還是無法改變女皇的心上人沒有王室血統這個事實。

最後一點才是真正刺激的地方，尼古拉二世的家族成員在血腥的十月革命下被處決喪命，二〇〇八年俄國最高法院決定恢復皇室名譽並認為末代沙皇是政變下的犧牲者，緊接著與羅曼諾夫王室有關的親信與後裔組成羅曼諾夫家族聯盟（這個家族聯盟大多是羅曼諾夫家族的遠親，王室直系血脈已經斷絕了），幾乎天天跟政府要求索賠以及歸還遺產，但最終都因為律師團不夠給力以及英國方面也要求俄羅斯政府交出當年沙皇積欠的債務，使這筆龐大遺產始終不動如山，沒人可以分到一杯羹。

如果這名少女被正名，那她將是目前羅曼諾夫家族中唯一能被稱為「公主」的人，是目前最接近羅曼諾夫王族血統的後裔，就算俄羅斯政府死活不願意，沙皇龐大的遺產得要有個交代。

奏星純拿起照片，腦裡開始盤算他下一步應該怎麼做。

Episode 2

無垢的殘暴 ‧ 下

辛紅縷在下午三點時抵達星塵偵探社，大樓管理員還殷勤地陪伴他搭電梯，一路護送他到辦公室門口，已經成功駭進中央監視系統的初塵原本還以為是那名猛流汗的委託人回來了，用餘光隨意瞄了一眼，這才發現站在玻璃門外的是個文質彬彬、容貌清秀的青年，身上那件黑色緞面西裝襯托出他優雅的氣息，感覺是個出身良好的貴公子。

青年似乎是奏星純的熟識，但初塵很少看到他邀請朋友來星塵偵探社，奏星純是個公私分明的人，這間辦公室是工作場所，他只會在這個地方談論正事，撇除皇太后打來的電話……

「怎麼只有你一個人來？妹子呢？」奏星純問著。

「我請她留在店裡。」辛紅縷環顧星塵偵探

社的擺設，就和奏星純這個人一樣，極簡且時尚，用色僅有黑白灰，「雖然貴社的室內設計偏硬派冷感，但奏先生意外地是個溫情世故的人。」

「就別隨便揣測我了。」奏星純透過落地窗往下方觀看，正巧看見那名男人帶著照片上的少女一同走進大樓，他不禁露出獵物上門的期待眼神，「忠僕帶著王女前來了，比預計的半小時還多了三個鐘頭，但至少沒讓我們等到天黑。」

辛紅縷默不作聲地坐在沙發上，顯然比起俄國皇室後裔，他比較感興趣的是這間屋子的細節。

過了一分多鐘，男人和少女來到十五樓的星塵偵探社，少女就與照片上的模樣如出一轍，粉嫩的皮膚與紅潤的嘴唇，是個標緻的美人。

辛紅縷回過頭看著少女，沒有多加遲疑地便站起來微微低下身說著：「日安，公主殿下，您的容貌與伊莉莎白女皇真是相像，黑曜石般璀璨的眼睛與精緻無瑕的五官，最重要的是這身氣質，不愧是出自皇室。」

「先生見過母親？」少女疑惑地望向他。

辛紅縷面不改色地回答：「實不相瞞，我是經營古董買賣，在敝店有幾幅女皇的畫像。」

話是這麼說，但奏星純不認為辛紅縷是個會收藏畫像的人，會如此斷定在於彷夕暮從不畫人像，就算有，也無法在人臉上尋找現實存在人物的一絲軌跡。

因此，這傢伙恐怕真的看過女皇。

但現在不是研究辛紅縷到底活多久這件事，他毫不猶豫就稱呼這名少女是「公主殿下」，想必少女與羅曼諾夫王室脫不了關係，只是，光辛紅縷單方面認定她是王女還不夠，得要有足夠的證據才行。

「戒指和相關文件有帶來嗎？」奏星純問著。

「有的，請看這些。」少女將一只粉色珠寶盒放在奏星純面前，他和辛紅縷見狀不約而同地戴上手套，前者小心翼翼地打開盒子，裡面放了兩張紙與一枚戒指，戒指是由三環戒圈組成，上頭鑲著許多鑽石，戒圈則是黃金打造。

文書的部分一張是女皇與寵臣祕密結婚的證書，另一張則是女皇寫給寵臣的書信，上頭都有伊莉莎白女皇的親筆簽名。

至於戒指這方面，奏星純便交給辛紅縷鑑定，青年將戒指拿了起來把整體看了一遍後，淡淡說著：「這是女皇與拉蘇莫夫斯基陛下的婚戒沒錯，十八世紀鑽石採用玫瑰式車工，這種車工的特色是底面平坦沒有亭部[1]，光線無法進入鑽石內部折射光芒，在電燈與瓦斯燈不普及的年代，很重視珠寶在宮廷燈火下是否明亮絢麗，因此會在寶石的底面貼箔，增加鑽石的亮度。造型的話是十八世紀到十九世紀廣為流行的雙環戒指[2]，普遍來說雙環戒指的寬度是五公釐，但這枚婚戒卻能在這個寬度裡做出三環戒圈，是很令人嘆為觀止的工藝，這只有皇室御用工匠才做得到。最重要的是，十九世紀前俄羅斯大多使用14K金，而刻紋習慣在戒圈的外側，這枚婚戒上刻著阿列克謝·格里戈里耶維奇·拉蘇莫夫斯基這個人名，字跡出於女皇之手，無法造假。」

鑑定完後，辛紅縷將婚戒放回珠寶盒內，奏星純看得出他很喜歡這枚戒指，青年只稱讚最高級的事物，就在剛剛，辛紅縷直接用「令人嘆為觀止的工藝」來讚美婚戒。

注釋——

1—亭部，鑽石下面的部分，其比例是切工評判的一個重要因素。

2—雙環戒指，一般是由兩個戒圈組成，這種戒指稱為Fede Ring，源自義大利語Mani in fede，意思是「誠實的握手」，比喻兩人的情感永久不移。

嘆為觀止呢，明明縷紅新草古董店裡放眼望去都是工藝精湛的藝術品，卻還是對這枚戒指情有獨鍾，看來三環戒圈的巧思十足吸引了他。

「除了婚戒與書信之外，還有別的嗎？」辛紅縷輕聲問著。

「這是母親贈予我的戒指，但已經沒有辦法拔下來了。」少女伸出了右手，在大拇指的地方閃耀著一枚鑽戒，戒圈外圍刻著許多文字。

「請容我冒犯。」辛紅縷拾起少女的右手，仔細觀看戒圈上的文字，良久，略為感嘆地道出少女存活至今的原因。

「從古至今便流行將自身願望或者所愛之人的名字刻在戒指上，期許這些文字能化為咒語有朝一日能完整實現，這枚戒指上刻著公主殿下的真名與女皇的願望，她除了是一國統治者外還是位母親，因此希望公主殿下能永遠美麗青春，藉此來延續她和拉蘇莫夫斯基陛下永垂不朽的愛。」

辛紅縷緩緩脫下手套，看著少女徬徨憂鬱的臉龐，像是醫生宣告病人得到不治之症般，溫柔且審判地開口：「遺憾，這枚戒指已經跟公主殿下分不開了，您是羅曼諾夫家族的第一人（這邊的第一人指的是將沙皇俄國改名成俄羅斯帝國，並成為帝國的第一位皇帝）彼得大帝的外孫女，現今世上沒有人比您與羅曼諾夫王室血統更純正，要是您當時有被正名，就是王位繼承人，可惜的是，那時的政局不允許伊莉莎白女皇這麼做，她與非王室成員私下結婚是宮廷大忌，若讓公主殿下名正言順地繼承王位，就太藐視王室規矩。」

辛紅縷接著說：「如果您有當上俄國女皇，說不定這枚戒指會心滿意足地陪伴公主殿下過完統治者的人生，但您始終沒有繼承王位，女皇給予的祝福與戒指對王位的悲嘆，是祈禱亦是詛咒，那都是讓您過著看不到人生盡頭的雙面刃。」

說完，辛紅縷似乎認為他的鑑定已結束，便起身打算離開，「奏先生，委託的事如果有什麼突破性進展也請跟我說，我先回去了。」

那個坐在一旁穿著皺巴巴西裝的男人等辛紅縷下樓後，冷不防吐出一句：「真是個刻薄的人。」

同感。奏星純想著，但如果辛紅縷對少女說「無論如何，也請維持王族的尊嚴高傲地活下去」，那才是真正的殘忍。

昔日羅曼諾夫皇室成員天天用牛奶洗臉，穿著華麗的服飾與精緻的手工鞋參加派對與舞會，時至現今，締造華麗盛世的王朝後代一天不如一天，成為名副其實的落難貴族，唯一的希望只剩沙皇的遺產，不過那也無法使羅曼諾夫王朝起死回生。

奏星純說道：「公主殿下如果要正名的話得聯繫羅曼諾夫家族聯盟的發言人，雖然他們每天都忙著爭遺產，不過若出現一名最接近王室直系血脈的人，我想家族聯盟也喜聞樂見，籌備資料與檔案兩天內就可以完成，我在俄羅斯那邊有熟識的人能幫助你們將文件……」

不等奏星純說完，男人便拒絕文件要轉給他人遞交上去這事，「文件讓我帶著，我親自送過去。」

「……」辛紅縷說他外表精明看似不近人情，骨子裡意外地善解人意，老實說他的確是，奏星純明白那個男人為何這麼堅持。

他在辛紅縷來星塵偵探社前的空餘時間稍微調查了男人的來歷，這名男性今年五十八歲，是建築工人，三十五年前和相戀已久的女友結婚，沒有多久誕下獨生女。妻子在獨生女七歲時因為一場感冒死亡，從此獨生女成為男人的生活重心，他所賺來的血汗錢全投注在女兒身上，造就獨生女驕縱蠻橫的個性。

女兒因年少輕狂一時衝動開始吸食毒品，男人不但沒有苛責女兒反而還購買毒品供她吸食，這名嬌貴的獨生女還未成年就因吸食過量的毒品猝死，男人傷心欲絕之際遇上乍看之下和女兒年齡相仿的王女。即使沒有工作能力也努力維持皇室尊貴形象的王女，為了生活不斷變賣從皇宮帶出來的珠寶與飾品，那個時候她已經一貧如洗了，可身上還是穿著名牌服飾，那種高傲與崇尚物質生活的性子就跟男人死去的獨生女如出一轍，男人決定將她當作女兒看待，重蹈覆轍地將所有心力灌溉在王女身上，因此這麼重要的文件，說什麼男人也要親自送到。

就奏星純的角度看來，王女和男人的相遇簡直是世上最不幸的邂逅，一無所有空有高貴血統的少女，與除了溺愛以外無法給予做人處事正確觀念的父親，等待在他們前方究竟是什麼結果，或許有一看的價值，畢竟對這兩人來說，皇室的正名都是人生最後的孤注一擲——父親給予女兒最大的寵愛以及少女貫徹王族尊貴意志的機會。

「我知道了，那就這麼辦吧。」奏星純閉上眼輕聲說著。

如果是平時的他根本不會同意男人的請求，俄羅斯民族的性情十分剛烈，十月革命期間不分青紅皂白地殺害羅曼諾夫皇室成員，其中不乏對人民做出許多偉大貢獻的王族，照樣因為他或她身上流有羅曼諾夫家族的血液而遭到處刑，此舉動使得皇室的親信與後裔（現今跟羅曼諾夫家族有關的人都是遠親，王室直系血脈已經在十月革命之際斷絕了）全數逃命般地離開俄羅斯，即使到現在俄羅斯政府已恢復皇室名譽仍不敢回到祖國。

帶著相關文件前往俄羅斯的男人是否能全身而退還是未知數，說不定，有關當局為了保住那筆可觀的遺產，而暗自銷毀文件和這名男子也很有可能。

但，奏星純想親眼見證這名父親的溺愛與少女的自尊會導致什麼結果，連親自寫字這點事也不肯做、沒錢就轉售項鍊珠寶、窮途末路了也要穿上名牌服飾，這樣金玉其外敗絮其中的少女；寧願自己被經濟壓得喘不過氣，也不忍心看到女兒為了生活拋頭露面、就像是瞞著所有人飼養一隻尊貴不凡的金絲雀般，這樣盲目愚蠢的男人，他想看看男人與少女最後的命運。

「我無法保證先生的生命安全，雖然十月革命距今已過了漫長的時間，可俄羅斯不少人對羅曼諾夫皇室還心懷芥蒂，當然我這邊會請當地友人協助先生遞交文件，不過還是有人身安全這方面的風險，請先生考慮清楚。」奏星純說著。

「我知道。」男人望向少女，拍了拍她纖細的肩膀，「我會努力完成妳的願望。」

少女面露擔憂地點了點頭，「希望一切順利。」

是的沒有錯，就是要這樣。

男人為了女兒犧牲奉獻，這一切全是為了滿足他空虛悲傷的內心，失去妻子與獨生女之後，他的生命僅有守護王女的價值，而王女的生命也只有活在奢華王室下的價值。

奏星純靜靜看著男人與王女，明白再也沒有什麼可以改變這兩人的決意，不知為何他想起辛紅縷冷淡的身影，突然明白那個人始終維持理性旁觀的理由。

啊啊，或許是因為，不論是王朝瓷器的社長還是男人與王女，他們早就決定了命運的方向，在邁向終點的途中，辛紅縷不過是一家古董店的老闆，而他奏星純也只是一名偵探。

僅此而已。

奏星純花了兩天的時間準備好文件並交給男人，考慮到一般人無法接受生在十八世紀的王女到現在還活著這等事，他略為調整王女的身分，變成伊莉莎白女皇的後裔，然後要求男人務必先將婚戒留在星塵偵探社，要是發生什麼不測至少重要的婚戒有保住，如果俄羅斯當局釋出友善的態度再把婚戒交出也不遲。

秉持著送佛送上天的原則，奏星純幫男人打點好人脈跟門路，讓他在俄羅斯的食衣住行沒有問題，一切都辦妥後，男人很快就出發去俄羅斯了。

但是這傢伙留下的麻煩不是普通的多，男人請求奏星純代為照顧王女，基於「我身邊的女性除了紅粉知己以外就是親族，將小姐託給我照顧可能先生您一歸國就馬上升格成爺爺也說不定，雖然我這人辦事沒有這麼不小心」這個理由，男人只好轉為委託辛紅縷，想不到那廝很爽快地答應，於是王女就帶著一大卡車的洋裝與生活用品去投靠縷紅新草古董店……

彷夕暮在王女入住古董店當天就去跟奏星純抱怨「那位姑娘只吃法國鵝肝和魚子醬，為了保持身材，吃完飯就跑去催吐，是有沒有這麼整人的？幸好她只會住幾天而不是一輩子，不然我天天在她的飯菜裡加料」，這才讓奏星純發現彷夕暮經常打理辛紅縷的三餐，想不到娃娃臉除了繪畫一等一以外，廚藝也很精湛。

可那陣子奏星純忙著調查安德華拉諾特這枚戒指的下落沒時間招呼他，根據初塵的調查，當天踏入古董店的年輕人有五位，這五位都是遊手好閒的富二代，其中一人是暴發戶之子，雖然家裡不缺錢，但很享受偷竊那瞬間的快感，久而久之，無論去哪裡都要順手牽羊變成他的習慣。

奏星純調查那戶人家這幾天的經濟狀況，發現一樁不得了的事情，暴發戶居然買下皇家加勒比公司造價十億元以上的遊輪，Geez（怎麼可能）！

除此之外，暴發戶和妻子不約而同在外頭包養情婦與牛郎，甚至有一小時就花掉數百萬的記錄，暴發戶還闊氣地買下噴射機送給今年才十九歲的小情人，並僱用一名駕駛員給她，讓她隨心所欲地搭乘噴射機到想去的地方。

辛紅縷提到這枚戒指可以帶來源源不絕的財富，奏星純料想戒指應該是落入這戶人家的手中，不然怎麼可能花錢如流水到毫無節制的程度？

不過安德華拉諾特失蹤至今才短短六天，暴發戶一家的花費就超過百億，物質慾望最能浮現一個人的本性，暴發戶一家每個人的生活開始荒腔走板起來，唯一還過著像樣日子的只有小兒子。展冰雲，今年十七歲，高中二年級生，前三天去學校辦理休學，理由是「我的周遭一片混亂，就像脫序的齒輪，在齒輪沒有穩定下來前，我無法過正常的人生」。

奏星純直接開車到這戶人家附近觀察究竟，暴發戶住在寧靜的郊區，這地帶僅此一戶，出入口原本有設管理員，不過被小兒子以「爸爸對底下人都很刻薄，在我們家工作是很委屈的一件事，也請你們去找更好的工作吧」為由，付了可觀的遣散費後撤走。

因此暴發戶一家四口目前的情況是——屋主也就是暴發戶和妻子已經四天沒有回家，他們各自去情人的住所享樂；有偷竊前科的大兒子則和酒肉朋友包下某間知名酒店，和店裡的小姐們玩成人限定遊戲，奏星純推測酒店經理可能要準備一打的 Viagra（這串英文字經常出現的譯名是威〇鋼，相信大家都懂的）才能讓大少爺盡興。

至於小兒子自從辦理退學後就足不出戶，所有生活用品與食物都是宅配送達，十足十的繭居族。奏星純認為自己如果貿然拜訪小兒子可能會有反效果，他花了一點時間調查這位小少爺到底在網路上買了什麼東西，並看看有什麼商品還未出貨，確認後便佯裝是宅配人員，為小少爺送來新鮮美味的高麗菜……看來是個珍寶，這年頭會下廚的男性已經不多了，他一邊等小少爺開門一邊設計開場白，沒讓奏星純等太久，一名模樣秀氣但略顯憂鬱的少年開了門，並且拿出一張鈔票小聲說著。

「很抱歉讓您久等了，請找我五十元。」那名少年蒼白的左手上戴著金黃色的戒指，是安德華拉諾特沒錯，想不到這枚戒指會套在少年的身上。

「左手的戒指是哥哥給你的嗎？」奏星純無視少年疑惑的表情一腳踏進這間屋子，客廳的擺設沒什麼好說的，很有暴發戶的格調，各種佛像高高低低地放在櫃子上，瀰漫著俗不可耐的氣味。

「請問您是？」少年不知是該招呼客人好還是先報警有人入侵民宅好，他站在門邊低頭循著奏星純走過的地方，最後忍不住小聲嘆氣，「剛剛才拖過地，看來等下又要再拖一次了。」

「喔對了，你的高麗菜。」奏星純把高麗菜放在客廳的桌子上，桌子還是昂貴的烏木打造而成，只是上頭的雕花就跟整間屋子一樣毫無品味。

「我是一名偵探，你的兄長六天前從一家古董店偷了一枚戒指，戒指的持有者……或著該說管理者委託我調查它的下落，現在那枚戒指就在你的手上。」

「您是說這個嗎？」少年舉起了左手，那枚黃金打造的戒指在燈光下閃閃發亮，隱約可以看到上頭鬼斧神工的雕紋，那不是人類現今科技有辦法製作出來的技術，「很抱歉，這戒指是哥哥他硬戴在我手上，我怎麼拔也拔不下來，這是真的。」

「唉，極惡的局面啊。」奏星純無奈的掏出手機，撥了電話給辛紅縷敘述目前的狀況，那個人在聽完奏星純的描述後，沉默了五秒以上，奏星純忽然有不好的預感，他先發制人地表示，「我不幹犯法的事，除了蒐集資料和偽造文書，少年說戒指怎樣也脫不下來，你可千萬別叫我砍了他的手。」

「真是納悶，戒指無法從少年身上抽出，莫非……安德華拉諾特認定少年是它的棲身之所嗎？」辛紅縷語意不明地低喃了幾句後，像是妥協般地說著：「罷了，奏先生是否能把那名少年帶來敝店？」

「你得保證不會對少年做出什麼違法的事。」

「這得看過才能確定少年是否要付出一點代價。」

「……」奏星純沉默以對，辛紅縷知道他無論如何都不會妥協，只好退一步了。

「好吧，我知道了，敝店絕對不會傷害這名少年，這樣奏先生可以安心了吧？」辛紅縷的口氣多了幾分不情不願。

「我等等把人帶去你那邊。」結束通話後，奏星純望向情緒起伏不大的少年，「戒指的管理者想見你，為了你好，我建議你去一趟。」

「這枚戒指到底是……」少年悶悶不樂地垂下頭，「我們家會變得這麼奇怪，是因為這枚戒指的關係嗎？」

「可以這麼說。」但就算沒有這枚戒指，你們家也很不正常。這句話奏星純並沒有說出口。

暴發戶之所以這麼有錢，全是因為他利用詐騙手段從許多人身上謀取暴利，他的妻子是個愛慕虛榮的人，天天都參加上流社會的餐聚，大兒子高中沒有畢業就加入地方黑道集團，整天和人逞凶鬥狠，小兒子是個不擅交際的資優生，有和小動物自言自語的怪癖。

「那麼只要把戒指取下來，我們家就可以恢復正常了對不對？」少年問著。

「我不知道那枚戒指是否能取下。」奏星純誠實地回應。

「這樣嗎……好的我和您一同過去，不過請讓我把高麗菜拿去冰。」飛快地把高麗菜放進冰箱冷藏，順便巡視有什麼電源沒有關掉，少年謹慎地檢查屋子上上下下後，便跟奏星純一道去縷紅新草古董店。

◆◆◆

一路上少年都很安靜，除了中途請奏星純把車停在路旁、他慌慌張張下車把放在口袋裡的乾糧拿去餵野貓以外……奏星純發現這名少年很有動物緣，這條街上許多人來來去去，那隻瘦弱的野貓不時用警戒的眼神防備每個經過的人，唯獨親近這名餵食牠的少年。

奏星純的住家附近偶爾也能看到流浪貓狗，社區管理員只要發現這些動物出沒都會將牠們趕出社區，幸好社區公園裡有個很隱密的地方，奏星純都會把流浪貓狗安置在那邊並且時常拿吃的東西給牠們，但那些貓狗經常飛快地叼走食物就躲在暗處等他離開，即使奏星純三不五時照顧牠們，流浪貓狗對他還是沒有建立太大的信任感。

把野貓餵食完少年就回到車上了，奏星純看了他一眼隨口說著：「我住的社區也有很多流浪貓，雖然我很常帶食物給牠們，但要建立信賴果然沒這麼容易。」

少年想了兩秒才小聲回應，「對那些流浪動物而言，在這個到處都是陷阱與圈套的世界，隨便就相信人類很危險，誰也說不準接近牠們的人是抱持善意還是惡意……會對您冷淡不是牠們的錯，是這個世界太壞了。」

意外的在這方面很多話啊。奏星純想著。

少年相當寡言，連手上的戒指到底是什麼玩意兒也沒問，除了對貓狗這個話題感興趣以外，抵達縷紅新草古董店之前也沒再說些什麼。

奏星純帶著少年走進古董店，銀蓮花已經準備好茶點等候兩人到來，辛紅縷一如既往坐在沙發上看著《史洛里埃達》這本古書，見到少年與他手上的戒指，那張斯文俊美的臉龐閃過一絲煩悶後，示意少年坐在他的對面。

「日安展冰雲先生，您手上那枚戒指是令兄偷來的贓物，名為安德華拉諾特，是敝店的商品，可以的話您的左手能否讓我觀視？」

「好的。」少年伸出戴著戒指的左手，辛紅縷輕輕橫掃過去，似是有些不悅地睇起眼。

「看來這枚戒指已經寄宿在您身上了，除非您身亡，否則安德華拉諾特都不會脫離您的左手。」辛紅縷端起伯爵紅茶喝了幾口，大概是在盤算這個事件要怎麼處理，他閉上眼沉思了好一段時間，這才緩緩開口：「安德華拉諾特本性相當殘暴，展冰雲先生若隨意與他人接觸，恐有將不幸散播出去的問題，這是一枚會招來災厄的戒指，您這一生都無法擺脫它，因此展冰雲先生的選擇不多，這裡僅有兩個方案……」

「等等，這枚戒指真的帶有詛咒嗎？」展冰雲疑惑地問著。

辛紅縷沒有直接回答他的問題，而是優雅地品嘗紅茶，連頭也不抬地說著：「算算時間也差不多了，是時候讓您見識這枚戒指殘酷的面貌，所有與您有關的人將無一倖免地遭逢苦痛，這就是戒指的詛咒。」

說完，奏星純的手機傳來震動聲，他打開一看，是初塵的來電。

「你要我調查的暴發戶剛剛發生了大事，你用手機開即時新聞看看吧。」

「知道了。」奏星純將手機皮套折成立架式，並將螢幕橫放在展冰雲面前，「抱歉這家店沒有電視這麼高科技的設備，螢幕很小你加減看。」

一連上即時新聞，展冰雲就被藍底白字的醒目標題嚇得一臉慘白。

展氏企業家遭情婦殺害、妻子被牛郎勒斃、長子用藥過量暴斃身亡，一家人同日慘死，小兒子下落不明。

展冰雲目瞪口呆地看著即時新聞，上頭寫的人名皆是他所熟悉，頓時一股寒意從脊椎底處直竄腦門，少年纖瘦的身軀止不住地顫動。

「只剩您一人了，展冰雲先生。」辛紅縷放下茶杯溫柔地說著：「這麼一來，您應該相信這枚戒指擁有詛咒這一事了吧。」

展冰雲愣愣地坐在沙發，看著即時新聞報導其他事件，過了很久很久才開口：

「我該怎麼做？」

「您如果想繼續活著，就得待在敝店工作永遠也不能離開，敝店可以消除戒指的惡意，因此您不用擔心接觸他人會將災厄傳染出去。但只要展冰雲先生一離開敝店，安德華拉諾特殘酷的殺性就會變本加厲，屆時，除了讓您消失在這世上別無他法。」

那句「除了讓您消失在這世上別無他法」的意思相當明顯，奏星純認為這是縷紅新草古董店的規矩，他無法插手，再者這個時候搬出什麼人權道德都太清高，辛紅縷已經謹守諾言不對展冰雲出手，這是那個傢伙最大最大的讓步了。

「那麼第二個方法是？」展冰雲問著。

「付出您七十五年的壽命買下這枚戒指，成為安德華拉諾特真正的持有者，您可以恣意使用這枚戒指的能力，不管是取之不盡的金錢還是任意將不幸帶給您所厭惡的人，展冰雲先生都能隨心所欲。不過請容我提醒，您簽下交易的契約書後，大概能再活兩年，如果沒有出什麼意外的話。」

這就是辛紅縷引誘客人付出生命和青春與之交易的話術嗎？

奏星純知道展冰雲在學校過得並不愉快，他的家境富裕但沒有格調，雙親對人苛薄、兄長不學無術，使得展冰雲在校內被貼上「暴發戶的兒子」、「流氓的弟弟」兩大標籤，同學排擠他、師長對他遭受霸凌這事睜隻眼閉隻眼，久而久之展冰雲越來越孤僻。

辛紅縷八成不知道這名少年曾經被霸凌，不，他不需要知道這些，身為古董店的老闆要是無法看穿客人的慾望與性格的缺陷，就無法在兩三句話裡打動客人購買商品。那個人在展冰雲踏進古董店時，便看出少年不擅交際，那是當然，少年連一句「我很抱歉，哥哥在這邊偷了東西」也沒有說，實在太缺乏做人的基本常識了。

著名的惡魔梅菲斯特誘使浮士德和他交易，所給出的承諾不是得到世界或者成為人類的帝王這種虛無的願望，而是看出浮士德身為研究者的野心，梅菲斯特允諾將賜給他無限的知識征服一切的未知，於是這名研究者便獻出了自己的靈魂。

要是有一天，那些曾經傷害自己的人都遭受到同樣的痛苦就好了。這名少年肯定有過這樣的念頭吧，展冰雲說不定會選擇第二個方法用戒指的力量報復同學與老師，然後用無止境的金錢來滿足自己剩餘的人生，反正他也只剩下一個人。

溫柔的口吻與誘人的描述，這就是辛紅縷所設下的圈套。

到底展冰雲會選擇那一條路？奏星純屏息等待最終的結果。

「我選第一個。」展冰雲沒有遲疑就說出了自己的選擇。

「您這一生都不能離開敝店，展冰雲先生有確實考慮清楚了嗎？」辛紅縷再問了一次。

「是的，我確定要留在這裡。」

「……」辛紅縷臉上優雅的淺笑此時褪色了幾分，他沒想到少年居然會選擇留在縷紅新草古董店，不發一語地盯著展冰雲好一段時間，他猶如自言自語般低喃：「安德華拉諾特，這難道是你選擇這名少年的原因嗎？」接在這句話之後的嘆息聲聽起來就像是辛紅縷對失去一筆交易感到扼腕，又像是對少年的選擇表示讚賞。

這樣的結果出乎辛紅縷的意料，連偉大的浮士德也無法抵抗惡魔的誘惑，可區區一位少年卻用無垢的內心走向正確的道路。

「就這麼辦吧，蓮花，帶展冰雲先生認識這個地方。」

把少年支開後，辛紅縷抬頭望向奏星純，「這次的委託已經結束，辛苦奏先生了，也請告訴我您所開出的價碼。」

「這個嘛……」奏星純坐了下來，看見銀蓮花幫他準備的伯爵紅茶旁還有一小瓶威士忌，不免覺得妹子真是貼心。

「那麼，請告訴我這家店取名為縷紅新草的原因。」

「就這麼簡單？」

「就這麼簡單。」

「這麼說來的話，奏先生肯定看過《縷紅新草》這本書吧？」

「看過，但別問我心得感想。」

「您還記得小說的內容嗎？」

「記得七八成。」

「真是謙虛，您其實記得所有內容吧？」辛紅縷笑了笑，「我在看過這本小說後，認為人如同在莎草裡低飛的紅蜻蛉，自以為能掩飾卑怯的內心，並且裝模作樣地活著，可此世這般苦痛，無法忍受折磨的人想必會像《縷紅新草》中的那名女性一樣走向自我毀滅一途。」

「你的意思是，每個人都具有毀滅性人格？」奏星純問著。

「不是每個人，而是每個生命。」

「所以，你把這間店取為縷紅新草，是形容那些自取滅亡的客人嗎？據我調查，來這間店交易的客人幾乎有八成都不得好死。」

「看來我成功地吸引奏先生的注意力了，您果然對我以及敝店很好奇啊。」

「你還沒回答我的問題。」

辛紅縷只是露出淡淡的笑意，他不再回答奏星純的疑問。

事實上，他已經付完委託費了，奏星純開出的價碼是「取名為縷紅新草的原因」，而不是「命名為縷紅新草是否跟往來的客人有關」，他確實不用回答奏星純的其他問題。

明白辛紅縷不會再透露更多，奏星純只好停止這個話題，但有件事他還是想聽到答案。

「你是人類吧？」

很少幫客人服務的辛紅縷知道奏星純的那杯紅茶已經涼了，便將茶壺放在小火爐上溫熱。

「是或不是，等日後我們的距離更近時再告訴你。」

辛紅縷說著。他再也沒有用「您」這個字去稱呼眼前這個男人了。

✧ ✧ ✧

奏星純在那天和男人還有王女一別後就沒見過這兩人。

他明白男人焦急地想讓王女成為正式的皇族成員真實的原因。王女太過奢侈，男人賺來的錢已不敷她的需求，為了滿足她的願望，男人和王女討論過後，決定找個可靠的人恢復她的身分。

星塵偵探社是王女指定的，會選這個地方只有兩個原因，第一，這家偵探社的效率非常高，第二，收費非常貴。王女只用高檔的事物。

男人帶著文件去俄羅斯之後便下落不明，估計是被當地仇恨羅曼諾夫王室的偏激分子殺害了，又或者是被政府官員暗中處理掉也說不定，沙皇龐大的遺產只要無人有資格認領，再過幾年就會全數充公給俄羅斯，無論是經濟上還是外交上都是巨大貢獻。

奏星純後來有詢問辛紅縷王女的去向，那名青年只是淡淡說著：「確定男人已經無法回來，王女做出了選擇，那名少女非常符合《縷紅新草》這本小說裡投河自盡的女性，到最後一刻也想維持身為王族的尊嚴，奏先生應該明白我的意思吧？」

是的，他明白，他早就知道了，之所以還問辛紅縷只是想知道這名青年會用什麼方式回覆他，一如既往的，辛紅縷面對他總是很誠實。

彷夕暮在日前已經告訴過他王女最終的命運（而且是在奏星純的逼問下才說），那名少女得知男人可能死在俄羅斯之後便央求辛紅縷照顧她，但辛紅縷堅決表示縷紅新草古董店無法收留不工作的人，王女一聽到工作這個名詞，臉色難看地質問他：

「先生明明知道我的身分，卻還是要這樣羞辱我嗎？」

所幸辛紅縷向來是個有修養的人，僅以「在我面前眾生平等，無人特別高貴不凡，也無人特別卑微低劣，公主殿下得明白，這世上的失與得永遠是一體的，您想要有上等的物質生活，就要拿對等的東西交換」回答。

他開出兩個條件讓王女選擇，一是留在縷紅新草古董店裡工作，只有這個地方能讓王女就算待上五十年也不會過問為何她始終沒有衰老。二是不需要付出勞力也能永遠待在古董店裡，只要成為縷紅新草店裡的商品就可以了。

王女猶豫了幾個鐘頭後，決定第二個選項，她喝下銀蓮花準備的茶點再也沒有醒來，身體連同手上的戒指被辛紅縷慎重地放在水晶棺內，靜靜地等待喜歡這個商品的客人帶走。

「這下我就不明白，王女在辛紅縷眼中也是藝術品嗎？」奏星純那時對彷夕暮這麼問道。

「如果自尊心這三個字能變成實體，八成就是長那樣吧，這是自尊心的藝術。」

彷夕暮煞有其事地回答。

「好吧，我可以理解十八世紀的人被歸類為古董，但沒想到那傢伙連屍體也拿出來賣。」

「小哥對古董店的商品還瞭解太少，等你仔細深入後會發現那家店真的無奇不有，而且別小看歷史人物的屍體，有些心理變態的收藏家專門收購名人的身軀，當初圖坦卡門[3]這名法老的陵墓被挖掘出土時，他的屍體被競標到十億美元以上，現在他的屍體恐怕已經流落到哪位不知名的富豪手中，徒留棺木這個空殼給未知實情的人追思悼念。」

「竟然還有這種鬼事？」奏星純訝異地看向彷夕暮，沒想到圖坦卡門的屍體早就被賣掉了，黃金棺裡面沒有法老的屍體，但每逢美術館推出埃及文物展覽都會以「圖

注釋——

3—圖坦卡門：是古埃及新王國時期第十八王朝的一位法老，死時才十九歲，詳情請見 P.239 的詞條說明。

坦卡門」這四個字當噱頭……只要黃金棺不打開的話，無人知道棺木裡面根本沒有法老王，這算是欺瞞大眾的行為吧？

不過仔細想想，埃及的經濟能力確實無法保存這些文物，西元一九二二年英國考古學家發現圖坦卡門的陵墓，從中挖掘出大量的珠寶與古董，埃及政府接收後在地下拍賣會高價賣給喜歡埃及古文物的歐美人，奏星純曾經在法國友人的家中看到青銅製的歐西里斯神像，那個時候他還開玩笑地對友人說「埃及當局該不會私底下賣出古文物來為空蕩的國庫充實銀兩吧」，想不到這句話居然是真的。

「什麼人都有，什麼事都不奇怪。」彷夕暮中肯地說著。

「我認為最不可思議的地方是你和辛紅縷對我都特別坦誠，到底是？」

「這問題真是切入核心……」彷夕暮嘆了一口氣老實地回答，「紅縷喜歡你（的那張臉），他對喜歡的人事物總是很寬容，所以對奏先生自然是禮遇再禮遇，我不過是比照辦理而已。說到這個，紅縷這段時間的心情實在低迷，我看他一人坐在沙發那邊發呆都覺得心疼，八成是為了安德華拉諾特那件破事感傷，莫名其妙少賺一筆生意，唉。我看當下唯一能讓紅縷心情好轉的人只有奏先生了，你要不要來縷紅新草古董店住個幾天當度假？」

「不是說那家店的規矩就是不收留沒在裡面工作的人嗎？」

「你有工作啊。」彷夕暮很慎重地說出工作內容，『取悅紅縷這事除了奏先生以外沒人有這麼大的本領，你只要端出那張臉每分每秒在他眼前閒晃就可以了。」

「我說真的……」奏星純挫敗地扶額，「你怎麼不去死？」

「哈哈。」

第三篇

帝王醃肉

「真是一宗讓人愉悅的買賣，就像芥川龍之介先生筆下的畫師良秀一樣，為了繪出地獄的樣貌，不惜犧牲愛女也要完成無人能描繪的景色……希望下一筆交易也能讓我看到人追求欲望的決心。」

「主子請耐心等候，被欲望纏身的靈魂受到命運的牽引來到這裡只是時間早晚的問題。」

「沒錯，我有太多時間可以靜候這些人上門，就讓我們繼續拭目以待吧。」

楔子

即使百年化為一瞬
即使背負血污刑架
我也義無反顧
只求光怪陸離紅色的夢

——北原白秋[1]，邪宗門祕曲

我對北原白秋這個詩人的印象只停留在童謠這個層面上。

他寫過不少膾炙人口的童謠，像是〈雨降〉之類的歌謠。

大學時代有位同儕是日本人，年紀輕輕就有個一歲大的兒子，只要一到下雨天，這位新手媽媽便會打一通越洋電話過去，唱這首童謠給兒子聽。

雨呀雨呀下呀下呀

媽媽拿著雨傘來給我好高興啊

〈雨降〉的歌詞就這麼淺白，經常聽那位新手媽媽哼這首歌，久而久之我也記起來了。

如果問我北原白秋是什麼人，我會毫不猶豫地回答「寫童謠的」。

❖ ❖ ❖

辛紅縷那傢伙說要答謝我幫他找回安德華拉諾特這枚戒指，因此約我去縷紅新草古董店吃飯。

彷夕暮的廚藝確實精湛。

雖然殘酷，但我深深認為與其要在畫藝上讓那傢伙刮目相看，彷夕暮不如在廚藝上征服辛紅縷的味蕾還比較簡單。

注釋——

1—北原白秋：日本的詩人、童謠作家、歌手，本名北原隆吉，詳情請見 P.240 的詞條說明。

說來每次去古董店都是匆匆一睹。

用過餐後，總算有閒暇時間可以仔細欣賞這家店的擺設。

那時，我在展示櫃裡看到北原白秋的作品，從來沒有想到那位童謠詩人原來也會寫這麼深沉的東西。

蝦夷島[2]之神，古傳神後裔

逐步毀滅行屍走肉

仲夏烈日，炫目迷離

僅剩游絲吐息

北原白秋的〈老阿伊努[3]之歌〉，描寫北海道原住民沒落的生活。

縷紅新草古董店裡只放北原白秋的這兩首詩篇：〈邪宗門祕曲〉與〈老阿伊努之歌〉，除此之外就沒有了，明明這位詩人寫了不少童謠。

難道辛紅縷認為這麼深沉的詩詞才是北原白秋的真實樣貌嗎？

不，我想並不是這樣。

之所以只放這兩首詩篇，純粹是他個人的喜好。

雖然從以前就稍微能看出一點端倪，但我最近不斷深刻體悟到，那傢伙完全憑心情做事。

譬如說他已經不會對我使用「您」這個字。

又譬如說他再也不稱呼我為「奏先生」，而是只有他會使用的「純君」。

注釋——

2—蝦夷島：日本北海道的古稱。

3—阿伊努：北海道的少數民族。

Episode 1

千年的美味・上

「啊啊，真煩，又到了這種時候了。」初塵看著行事曆忍不住發出哀號聲。

「只要一到特定週期或節日，都會覺得咱們這家偵探社的業務包山包海，什麼樣的鬼事都可以找上門，上至服裝週發表會對手品牌的設計稿，下至聖誕節禮物到底要選什麼才好，現在則是Bocuse d'Or保羅包庫斯國際廚藝大賽[1]，與其研究別人的食譜和使用的素材，不如好好精進廚藝不是比較實際嗎？」

連續嘆了幾口氣，初塵將一疊委託文件放在奏星純的辦公桌上，「都是一些食譜調查的委託，你接不接？」

此時此刻正忙著整理報告的奏星純連看也不看地丟出兩個字，「不幹。」

「奶粉事件還沒結束嗎？」初塵知道奏星純為了這宗名為「奶粉」的委託忙得不可開交，這是國際刑警在兩個月前請求星塵偵探社無論如何都要承接下來的案件，主要調查從中國廣東流通出去的「奶粉」。

「奶粉」是掩飾性術語，指的是被密封在人造羊水裡的新生兒，外觀就跟克寧奶粉差不了多少，廣東某個非法組織成立一個新上市的食品公司，他們將容器打造成奶粉罐的模樣，將新生兒放進去並維持生命機能，藉由外銷的手段把這些「奶粉」賣給一些有錢沒地方花的富豪。

上個月已經追查到廣東非法組織的根據地，連同「奶粉」的去向也追蹤到八成，剩下的兩成還是個謎，有可能是流落到中東或東亞地區，如果那些買方還有將「奶粉」轉售給他人，要調查起來困難加倍。初塵認為做到這個階段就可以收手，倘若再繼續追查下去，奏星純可能無法全身而退。

注釋——

1 保羅包庫斯廚藝大賽：以法國廚神 Paul Bocuse 為名，兩年舉辦一次，是國際上相當具有影響力的廚藝大賽，有「美食奧林匹克」之稱。

尤其這幾天傳出有刑警落入非法組織手裡，嚴刑逼供下不知道會不會把他的事給抖出來，這陣子還是低調點比較好——話是這麼說，但奏星純還是持續關注「奶粉」的動向……打從娘胎開始就熱愛冒險享受危險刺激，對他來說，奶粉事件簡直是天上掉下來的聖誕禮物。

「幫我訂一張去德黑蘭（伊朗首都）的機票，三天後出發。」飛快完成進度報告，奏星純按下 ENTER 鍵將檔案寄送給刑警。「如何？要不要跟我一起去？」

「我已經有家室了，不能老是幹生死一瞬間的事。」初塵將身體靠在辦公桌旁，語重心長地表示，「我說星純，你偶爾也接一些不用太花心力的案子吧，你表弟只有一隻、我這人也只有一隻，若有個三長兩短然後表弟哭得死去活來，你捨得嗎？李逍遙就說過一句名言，留下來的人往往是最痛苦的，你要好好斟酌委託啊。」

「李逍遙是誰？」

「仙劍奇俠傳的男主角。」

「……你再舉個實際一點的例子給我好了。」奏星純決定將初塵還有桌上那疊委託全放在一旁，開始喝起咖啡看報紙。

「記得訂機票，我不在的這段時間你好好看家，還有，不准接八點檔委託。」

「調查競爭對手的食譜算八點檔嗎？」

「算。」

「唉……」初塵只好將那一疊委託文件給拿走，邊走還邊大聲說著：「可惜，真的可惜，裡面有個委託是調查某廚師是否有使用違禁素材，聽說他在之前的比賽裡曾經拿嬰兒肉來做料理，但證據不足所以不了了之，你不接的話，這件事就石沉大海了，我看也只能這樣，命運如此萬般無奈。」

你這傢伙……

奏星純發出「嘖」的一聲，不悅地伸出手。

「把東西拿來給我看看。」

「您不是要去德黑蘭？一個人只有二十四小時，不可能同時間處理這麼多事情，我看您只能將行李收拾好，三天後準備搭飛機吧。」

「別說廢話了，委託文件呢？」

「好凶喔，這麼說飛機票可以不用訂了對吧？」初塵將委託文件交給奏星純，順便幫自己泡杯咖啡提神，雖然現在才早上十點四十五分，但昨天晚上陪同性閨密（也就是表弟）玩魔法風雲會[2]，一個不注意窗邊都照進晨曦的日光，這才發現已經早上五點，只睡四小時的他現在精神頹靡。

奏星純沒有馬上回答，他專注地看著文件內容，委託者是兩個禮拜後即將在法國舉行廚藝大賽的參賽廚師，英國人，很注重健康與養生，在料理上偏好蔬果與清蒸，六年前於倫敦開了一間輕食餐廳頗受好評，這是他第三次參與保羅包庫斯廚藝大賽。

上一屆大賽中，委託人質疑某位華人廚師使用嬰兒肉烹煮料理，理由是「有次我跟剛出生沒多久的兒子玩，不小心咬到他的手指，所幸沒有什麼大礙，但嬰兒肉質的觸感我一直沒有忘記，就跟這道菜一樣」。但光是這樣的說詞無法被眾人採信，那名華人最後獲得亞軍，而英國人則得到第五名。

委託人認為性格好勝的華人廚師絕對不會錯過這次保羅包庫斯廚藝大賽，畢竟這次大賽邀請的評審中，有個相當知名的美食評鑑家，那名評鑑家就是讓華人廚師只得到第二名的關鍵人物，也就是說，如果沒有那位美食評鑑家，華人廚師有可能會攻下第一名的寶座。

非得要獲得大賽冠軍的華人廚師，這一次肯定會使出渾身解數，他或許會使用比嬰兒肉更為禁忌的素材，那位美食評鑑家說過他的舌頭品嘗過這世上所有美味，如果連稚嫩的嬰兒肉都無法打動美食家，華人廚師只能尋找更加喪心病狂的食材。

不過這些只是委託人的推測，他希望能得到華人廚師的食譜，想看看食譜上是否另藏玄機。

奏星純看完後不禁認為這名委託人誠實得教人不忍欺負，居然毫不隱瞞地寫上真名和自以為是的推理，若他們這間偵探社沒良心一點，把這份委託賣給參賽對手，委託人這輩子幾乎玩完了。

但幸好他奏星純不是那麼卑劣的人，沒必要絕不透露委託人的身分是他的原則。

「這案子我們就接下來了，幫我回覆給委託人吧。」

注釋——

2—魔法風雲會：一種卡牌遊戲，玩家各自準備遊戲專用的牌組，藉由卡片上的能力進行攻擊或防備，官方每年都會舉辦許多比賽吸引玩家鑽研技巧。

奏星純拿起隨身手札規劃好這段時間的行程，如果對方是個謹慎小心的人，很有可能保羅包庫斯廚藝大賽過後才能調查到華人廚師使用的素材，委託人希望能在三個月內看到結果，可能是他也預料到這件事沒那麼容易處理。

奏星純給自己最多一個月調查食譜以及那名華人廚師，假設該廚師真的使用嬰兒肉來做料理，那可真是料理界的一大醜聞。

雖然食用嬰兒肉聽起來有點駭人，但在中國廣東據說有道美食稱為「叫三聲」，食材是剛出生沒多久的小老鼠，用筷子夾住老鼠的身體會聽到第一聲，沾醬汁時會聽到第二聲，放進嘴裡吃時聽到第三聲。除此之外，中國醫學大典《本草綱目》裡也有記載十二世紀阿拉伯市集裡能買到蜜漬人，英文是mellified man，mellify這個字來自於拉丁文，指的是「蜂蜜」，所謂的蜜漬人就是將死人的遺體浸漬在蜂蜜中，換句話說就是人體木乃伊蜜餞……可以用來治療肢體斷裂，是一種新穎的口服藥。

不過現在不是研究藥效如何的時候，得想辦法尋找華人廚師的行蹤，奏星純打算展開調查時，星塵偵探社的電話響了，他才剛拿起話筒就聽到銀蓮花鬱悶的聲音：

「奏先生，您已經近一個月沒來敝店露臉了，辛主子整天無精打采，連我泡的紅茶也擺在一旁動也不動，這模樣看得叫人心疼，您行行好，撥空來敝店打個招呼如何？」

瞧他忙到連縷紅新草古董店這樁事都忘了，最近確實為了「奶粉」事件把辛紅縷擱置不理，是該去那邊走走順便賠罪。

「知道了，我等等就過去。」結束通話後，奏星純心情大好地整理領子與袖口，只要想到辛紅縷會擺出困擾的表情，就算一絲絲也行，他也覺得舒心。

「我要出去一下，今天不會再進公司了。」

「去外貌協會那邊嗎？」不知從什麼時候開始，初塵稱呼縷紅新草古董店不是「外貌協會」就是「死人骨頭都賣的地方」。

「正是。」

「別隨便碰人家招待的飲料和點心，要是你不小心被做成商品，我真不知道要花多少銀兩才能把你贖回來。」

「你放心，真的被做成商品了就算有上千億也贖不回來。」奏星純丟下這句話便前往縷紅新草古董店了。

他相信自己若某天粗心大意地落入辛紅縷手裡，肯定會被那傢伙妥善保存然後在旁邊貼上「Not for sale」這幾個字，搞不好未來發生世界大戰，眾人忙著捲舖蓋逃命，辛紅縷還會對身邊的妹子和娃娃臉說「什麼都可以不用帶，但一定要扛走非賣品」。

他知道辛紅縷特別中意這張臉，可奏星純也不是得了便宜又賣乖的人，一踏進古董店，他就將一只小盒子放在辛紅縷眼前。

「抱歉，一忙之下就忘了和你的約定，這是賠禮。」

辛紅縷端著那張斯文俊秀的臉緩緩將盒子打開，看到裡頭放了一枚戒指，「把這樣東西給我，純君捨得？」

「留在我身邊也沒什麼用，而且，你不是挺喜歡它的嗎？」奏星純喝著銀蓮花送來的茶水，這妹子可越來越上道了，知道他偏愛添加酒類的飲料，特地弄了一杯加了白蘭地的拿鐵給他。

「……原本只是不討厭，但現在喜歡了，請等我一下，我想將這枚戒指放在寢室的櫃子裡。」說著，辛紅縷就帶著盒子上樓了。

放在寢室的櫃子裡？難道辛紅縷不打算將那枚戒指賣給客人？

那枚戒指是伊莉莎白女皇與寵臣的婚姻信物，他當初對王女開出戒指是委託費用這個條件，只是想測驗少女對王室正名有多大的決心而已，現在王女和守護她的男人都死了，這枚戒指已經沒有公開的必要，奏星純認為這枚戒指最適合的歸處是縷紅新草古董店。

只是沒想到辛紅縷會把戒指當作個人收藏，他就這麼喜歡這枚戒指的精湛工藝嗎？

還是說，因為這枚戒指是他送的呢？

「完全讓人搞不懂啊……」奏星純低聲呢喃著。他偶爾覺得辛紅縷高深莫測，偶爾覺得這個人很好理解，有些時候奏星純一眼就能看出辛紅縷完全憑心情辦事，可大多時候能確切感覺到這傢伙不近人情的一面。

只是剛剛把戒指送給辛紅縷時，那張萬年紋風不動始終掛著優雅笑意的臉有了難得的變化，那個人露出高興的表情，這是他第一次看到辛紅縷有這麼率直的表現。

奏星純在縷紅新草古董店待到黃昏時分才離開，跨出大門時，他看到展冰雲蹲在洋房與外側鐵門之間的庭院裡餵食野貓，那名少年正握著掃把，專注地盯著野貓吃乾糧的模樣。

「你該不會有吸引小動物的體質吧？這些貓啊狗啊似乎很喜歡你。」奏星純走了過去，那隻野貓輕輕抬頭看了他一眼，又看看旁邊的展冰雲，蹭了蹭少年幾下後就跑走了。

奏星純見狀，略略失落地嘆了一口氣，「反正我就是沒有動物緣，算了，這也不是今天才知道的事。看來你在這邊過得不錯，雖然沒辦法再上學了，有空看點書也是好的，不過妹子說你不怎麼吃飯，怎麼了，飯菜不合胃口嗎？」

展冰雲不發一語望著奏星純好一會兒，這才小聲說著：「對不起，讓奏先生擔心了，我……我很怕老闆……」

也是。奏星純能夠理解，那個人時不時就展現寡恩寡德的性情，即使知道這名少年失去家人，也不允許展冰雲去弔喪和祭拜，暴發戶一家三人的喪事還是委託星塵偵探社完成，再說一次，他和初塵的業務已經包山包海到沒有極限的地步，但「絕對不能踏出古董店一步」是當初就說好的事，他沒資格插手辛紅縷這邊的規矩。

「只要你謹守當初的選擇，他不會對你太苛刻。」奏星純說著。

「……我知道了。」展冰雲點了點頭，接著猶豫了好幾秒似乎很徬徨是否該說出口，最後還是忍不住問了：「奏先生是老闆的……朋友嗎？」

奏星純的眼神一沉，伸出手胡亂摸了少年的頭髮一把後，說著「好難回答的問題啊，等我想到答案再來告訴你」便離開古董店。

野貓這個時候又跑出來磨蹭展冰雲的腳，少年低下頭溫和地開口：「以後不可以對奏先生這麼沒禮貌，而且你剛剛才吃過飯，不能再吃了。」

小貓不死心地喵喵叫，展冰雲天生心腸就軟，邊念著「這次吃完就沒有了喔」邊從口袋掏出食物給野貓，結果小貓吃沒幾口再度奔去樹叢那邊躲了起來，少年沉默地往鐵製拱門的方向看過去，一名男性站在門邊，不時用饒富趣味的表情打量這棟洋房。

銀蓮花從洋房裡走了出來，和男子說了幾句話，遂帶領他走進屋內。

展冰雲的心裡生起一股莫名的感覺，彷彿風雨欲來般瀰漫著寧靜的躁動，少年清澄的眼眸在瞬間閃過一絲陰霾，纖瘦的身體動也不動地站在原地好幾秒，這才握著手上的掃把繼續打理庭院。

「沒想到繁華的商業圈裡居然有這麼復古的建築，讓我想起學生時代去英法兩地留學的時光，真令人懷念。」

❖ ❖ ❖

那名男性猶如哥倫布發現新大陸般仔細欣賞這棟洋房的室內設計，牆上的花窗玻璃細細描繪紅蜻蛉飛舞的模樣，使用的還是極為昂貴的 Flashed glass（紅閃玻璃），是一種將無色玻璃在半熔狀態下倒入紅色玻璃溶液裡，使成品有一層紅色外衣的工藝技術。搭配哥德式建築特有瘦骨嶙峋的頹廢感，由外頭昏黃日光照射下的花窗正閃爍著暗紅冶豔的色調，使得這棟洋房圍繞層層神祕迷幻的氛圍。

「看來閣下對哥德式建築也情有獨鍾。」辛紅縷穿著一身黑色緞面西裝從旋轉樓梯走了下來，「日安，我是縷紅新草古董店的負責人辛紅縷。」

「你好，沒想到這裡居然是古董店，真讓人大開眼界，這裡都賣些什麼年代或什麼地區的古董？」男性對古董買賣似乎有一些基本概念，知道許多古董商習慣賣某個時期或某個地區的文物，如果販賣的內容太混雜就無法精確掌握商品的特色，再者從事古董商這一行的人都有自成一格的審美觀，店鋪裡通常不會擺著美感高低不齊的古物。

「沒有特定的年代或地域，但絕對是獨一無二，就像您喜歡的貝魯嘉鱘魚所製成的魚子醬才能被稱為極品一樣，在亞歐兩洲交界的裡海所產的貝魯嘉鱘珍貴稀有，得捕獲年齡六十歲以上的貝露嘉鱘的魚卵才能做成魚子醬。如此漫長時間所孕育的魚子醬說是集自然精華而成也不為過。加上每年全球捕獲數不到一百條左右，魚子醬產量頂多兩萬五千公斤，如此珍稀的食材正是閣下所追求的美味。」辛紅縷輕聲說著，舉止優雅地喝起銀蓮花端來的紅茶。

男性訝異地看向青年，「你是怎麼知道的？」

「閣下是上一屆保羅包庫斯廚藝大賽獲得亞軍的名廚，在決賽裡擊敗眾多對手的料理取名為 INFANTE（英語中的親王），的確實至名歸，評審給出的評價幾乎都是尊貴不凡。」

「再怎麼尊貴不凡也只拿到第二而已，明明我已經費了這麼多心思了……那群蠢材怎麼能明白 INFANTE 的美妙？尤其是那個高高在上的美食評鑑家，他根本無法瞭解這道料理的藝術！」男性懊惱地坐在沙發上，不過才三十幾歲，卻看起來衰老得猶如六、七十歲的老人。

辛紅縷放下茶杯看著男人滄桑悔恨的身影，俊美的臉上露出難以言喻的淺笑。

「閣下需要的是更加稀有、更加獨特的食材，對吧？」

男人困惑地抬起頭，「啊啊是這樣沒錯……難道你有什麼門路嗎？」

「至高無上、絕無僅有的食材，敝店正好有這樣的商品。」辛紅縷頓了頓，語氣帶著微微惋惜地說著：「只是那個食材非常稀有少見，因此價格也很高，恐怕是閣下傾家蕩產也買不起的東西。」

「究竟是什麼？」男人的好奇心被點燃，他急切地追問。

「帝羓。」

「那是？」男人沒聽過這個名詞。

辛紅縷笑了笑，「所謂的帝羓就是皇帝醃肉。」

「皇……」男人不敢置信地從沙發上跳了起來，驚聲說道：「皇帝醃肉？你這是在開我玩笑嗎？」

「這並不是玩笑，歷史上確實有這樣東西存在，西元九四七年五月十五日，遼太宗耶律德光[3]在河北欒城縣的西北病逝，遼人將其運回北方安葬。途中為了防止屍體腐敗，以鹽漬醃其屍身，這便是帝羓。雖然歷經一千多年，但保存非常好，就像剛製成的醃肉一樣，不過也請小心，再怎麼說也是皇帝的屍體，吃下去的話很有可能會受到怨靈的侵擾——」

不等辛紅縷說完，男人異常興奮地開口打斷他：「如果真的有這樣東西，我想親眼看看！」

「說的也是，那麼請跟我來。」

辛紅縷不疾不徐地帶著男人走上階梯，縷紅新草古董店總共有三層樓，除了第一層是招待用的大廳以外，二樓和三樓都有許多房間，估計所有的房間數量大概有二十四間，古董和文物依照種類一一放置在房間裡，如果每樣物品都想細細觀看，恐

注釋——

3｜遼太宗耶律德光：契丹名是耶律堯骨，遼太宗將國號由「大契丹國」改為「大遼」，成為大遼國首位皇帝，詳情請見 P.241 的詞條說明。

怕得花上一天半的時間才能全數欣賞完。

「中國保存屍體擁有西方世界望塵莫及的技術，兩千年前西漢時代就身亡的辛追夫人，她的陵墓在西元一九七二年時被挖掘，閣下絕對無法想像這名女性的屍體有多完整，她的肌膚還保持一定的彈性，堪稱是古代防腐的奇蹟。遼太宗雖然與辛追夫人的狀況不同，但屍體歷經漫長歲月仍維持原樣，最重要的是，這具屍體是最高級的食材。契丹人喜好吃牛羊肉，悶熱夏至牲畜的肉一時之間無法食完，便將牛羊的內臟掏空用鹽滷[4]醃製，這樣的肉被稱為羓。」辛紅縷的腳步停在一個房間門前，用男人聽不到的聲音低聲說著「請容紅縷打擾諸君休憩」，過了兩秒才輕輕把門打開。

映照在男人眼底的是富麗堂皇的中國宮廷擺設與搖曳著燭火的長明燈，精心雕琢的黑檀木櫃上放著和闐玉製成的夜光杯，早在西周時代，夜光杯便是西域進貢的珍品。除此之外，亦可看到殷商時代的玉器與宋代青瓷，在這片朝代繁華軌跡層層圍繞下的是靜靜橫放在房間裡，數十具用金絲楠木或梓木製成的套棺。

這房間顯然易見，是專門放死人的地方。

看到這些停放在四周的大型棺木，男人受到不小驚嚇後退了一步，「這些棺材裡都放……死人嗎？」

「當然是，周禮[5]上寫著帝王的棺木應該要三槨[6]兩棺，有些君主特別講究排場，套棺尺寸非常龐大，因此閣下看到的是精簡後的大小。」

辛紅縷走到一個棺材旁，基於帝王的規格與身分，每一口棺木下方都放置撐高架，讓棺木的高度超過人的尺寸。

「這一個就是遼太宗的靈柩了，很遺憾的，請恕我無法完全打開讓閣下觀視，不過，我能開啟一個小縫讓您輕嗅帝羓的芳香。相信您能夠從香氣裡判斷食材的珍稀度，我知道閣下有這樣的本事。」

原本男人很不滿為何辛紅縷不讓他親眼觀看遼太宗的屍體，但聽到青年那一句

注釋——

4—鹽滷：用海水或鹽湖水製鹽後，殘留於鹽池內的母液（製鹽過程後殘餘的飽和溶液）蒸發冷卻後析出的結晶。

5—周禮：相傳是周公所作，裡面記錄周代官制，不過卻與實際的周朝官制有些出入，被廣泛認為是描寫周公心目中理想的政治體制與百官職務。

6—槨，指的是棺材外的套棺。

「相信您能夠從香氣裡判斷食材的珍稀度」，男人的好勝心驅散了所有怒意，他甚至認為這是一個挑戰，「你打開吧，讓我來評鑑帝王的肉質到底有多上等。」

辛紅縷帶著無比好看的淡笑輕輕打開遼太宗的棺木，僅僅只是一個縫隙，偌大房間瞬間飄散著甘醇濃郁的香氣，比第一次品嘗黑松露搭配稀少的極黑牛肋還銷魂，甚至超越柔嫩的旗魚包裹鱘魚子的驚豔，炙烤鵝肝也不及這股味道十分之一的瑰麗，這是至高無上的美味。

「多麼、多麼無法用言語形容的香氣，我這輩子沒聞過這麼棒的味道。」男人被這股味道震懾，他愣愣地站在靈柩的前方，不知不覺滑下了眼淚。

「The times of the emperors……」男人喃喃自語地念著一串英文，「沒有錯，這道料理的名稱就叫作 The times of the emperors，帝王時代！」

男人的內心雀躍不已，腦海已經浮現許多食譜與烹調方式，他要保持這塊肉最原始的美味，將肉烤到半熟，細細淋上調配的醬汁，配菜就用清爽的番茄和茴香泥，不不，用青椒也可以，最重要的是搭配肉質的鮮美。

在構想之餘，止不住狂喜顫抖的男人意識到帝王目前還不屬於他，便看向辛紅縷問著：「你、你打算開多少價？」

「我剛剛就說了，這並不是閣下傾家蕩產就能獲得的商品。」將棺材闔上後，辛紅縷一派悠然的回到大廳，「但所幸敝店接受付款的方式十分多樣化，閣下如果真的想要帝羓的話，可以用其他東西支付。」

「我能給你什麼？」

「五十年的生命。」辛紅縷輕聲開口：「可以交換到五公分大小的肉塊，閣下今年三十四歲，將五十年的生命給我，若不出意外的話，您大約還有三年的時間可以享受精湛的廚藝帶來的盛名。」

「付出生命就能買到這塊肉？」

「是的。」

「五十年……五公分大小的肉塊……」這是一筆划算的交易嗎？男人不確定，但全身的感官不停重溫方才的感動，那樣美妙的味道真的好想再聞一次，好想好想，男人沒有猶豫太久，很冷靜地說出自己的決定，「我買下來了，我要買下來。」

辛紅縷慢條斯理地拿出一張契約書，將鵝毛筆放在男人眼前，「簽下您的名字，買賣就成交了，也請注意，敝店不接受退貨，在動筆之前請好好考慮。」

男人拿起鵝毛筆振振地在紙上寫下自己的名字，他滿腦子所想的不是失去的五十年，而是那個帝杷的肉塊，有了這塊肉，他肯定能奪下這屆保羅包庫斯廚藝大賽的冠軍。

辛紅縷在一旁靜靜看著男人劃下名字的最後一筆，而銀蓮花也拿了一只用金絲楠木製成的盒子過來，他將盒子遞給男人，斯文的臉上一直掛著優雅的微笑，「很棒的交易，這是您應得的珍品。」

男人緊緊拿著盒子，一句話也沒有說便離開古董店。

「明明走進來時還人模人樣，一轉眼就變得陰陽怪氣了，該說是原形畢露嗎？」銀蓮花端了蘋果派與馬卡龍等點心擺在桌上，辛紅縷只要彷夕暮無法前來料理三餐，就會將甜點當正餐看待。「不過主子也真是的，下次別再叫我去那個房間了，每次進去都得提心吊膽。」

「抱歉，難為妳了。」即使男人已經遠去，辛紅縷唇邊的笑意仍沒有退散，「真是一宗讓人愉悅的買賣，就像芥川龍之介先生筆下的畫師良秀[7]一樣，為了繪出地獄的樣貌，不惜犧牲愛女也要完成無人能描繪的景色，是的沒有錯，所謂的藝術，就是將靈魂賣給惡魔、捨棄道德超越人性的產物，那個男人很明白這一點。」

花窗外的日光不知何時已經完全沒落在地平線下，取代而之的是一片混沌的黑夜，繁華商業圈亮起五顏六色的霓虹燈，更顯得古董店深沉幽暗。

「希望下一筆交易也能讓我看到人追求欲望的決心，很令人期待啊。」

「主子請耐心等候，被欲望纏身的靈魂受到命運的牽引來到這裡，只是時間早晚的問題。」銀蓮花在辛紅縷身旁輕聲開口。

「沒錯。」望著花窗上紅色的蜻蛉紛飛交織的模樣，辛紅縷無比溫柔地說著：「我有太多時間可以靜候這些人上門，就讓我們繼續拭目以待吧。」

注釋——

7 出自芥川龍之介的《地獄變》，詳細請見 P.242 的詞條說明。

Episode 2

千年的美味・下

據奏星純調查，那名華人廚師目前在國內一家五星級飯店擔任主廚，但為了準備保羅包庫斯廚藝大賽，華人廚師請了短期的假期，到處尋找難得一見的珍稀食材。

他佯裝雜誌記者訪問與華人廚師共事的人，從那些人口中得知該廚師對料理這事有近似偏執的堅持，那個男人秉持身為廚師勢必要追求人間美味，為了製作獨一無二的味道，任何犧牲奉獻都值得。

簡直是為料理而生。

只是當奏星純問到上一屆大賽使用的素材時，這些年輕的廚子個個都沉默了，只說大師那邊有不公開的配方，即使是他指導的學生也不得而知。

奏星純知道每次的保羅包庫斯廚藝大賽都有

錄影，他費了一番工夫將之前錄製的影像得手後，將比賽過程看了一次，光從準備料理的畫面無法看出什麼，直到美食評鑑家開始品嘗料理，選手們一一將精心完成的作品端上平台，他聽到華人廚師說出了作品名稱。

INFANTE。

英文中的親王。

這個詞其實是由拉丁文 INFANS 演化過來。

意思是口齒不清、無法言語，也就是嬰兒。

奏星純又去查了委託人的資料，這位英國廚師有個過人之處，他的舌頭記性很好，只要嘗過一次味道就不會忘記，拿手絕活就是吃一口便能說出這道料理使用的食材與配方，因此委託人斷定那名華人廚師是拿了嬰兒肉去做料理。

說來嬰兒在某種情況下並不是難以取得的東西，婦產科醫院三不五時就進行人工流產手術，除此之外第三世界國家與政局動盪的地區都有販賣嬰兒的地下市場，當然，最近中國廣東非法組織也大量出售「奶粉」，這也是個管道，但他不認為華人廚師會這麼冒險地和非法組織交易，與虎謀皮需要膽識，稍有個不注意就萬劫不復，得不償失。

如果要確認華人廚師是否使用嬰兒當食材，可能要從兩年前開始搜查，這是個大工程，不過他相信凡走過必留下痕跡，只要不放過任何細節一定能找到什麼蛛絲馬跡。

他看了看辦公桌上的電子時鐘，已經下午五點了，如果奏星純沒記錯的話，今天是表弟和初塵的「交往＋結婚紀念日」……唉，每當這個時候，皇太后總是會說一句「人家都兩週年了，你呢？別以為男人不結婚可以保值，現在已經不信這一套了，超過三十五歲還沒有家庭如果不是同志就是〇無能，你不要讓別人認為我這個作媽媽的把你生得不夠完整」。

真是冤枉，現代人不結婚有很多原因，諸如單身主義、不結婚主義、自戀狂、二次元後宮太多等等，雖然他不結婚只是單純想多玩個幾年……

「初塵你沒事就快點下班，今天不是什麼兩週年紀念日嗎？」說到兩週年這三個字，奏星純的聲音聽起來特別無力。

「我確實沒事，只是在等你什麼時候要放人，哥也是很有義氣的，你沒叫我走之前我都當作你還需要我。」初塵早就把公事包打理好，聽到奏星純說他可以先離開，也沒多耽擱，一起身拎著包就準備跨出門，「喔對了，我有幫你注意那個華人廚師這幾天的動向，檔案還沒有細看也還沒歸類，但我有寄到你的電子信箱，有空的話就看一下吧。」

「謝了，兩週年快樂。」說完，奏星純就看著初塵神采飛揚地搭電梯下樓，這傢伙臨走前還露出得意的表情，只差沒哼歌助興。

「渾蛋。」獨自待在視野良好的辦公室，落地窗透進橘黃炫目的光彩，除了空調沉沉運轉的細微聲響外沒有別的聲音，孤家寡人的奏星純突然有種高處不勝寒的唏噓。

以前還不覺得十五層樓有什麼不好，制空權景色佳還有種菁英氣場，現在深深有種「沒事幹麼住這麼高」的悔恨，此時此刻遺世獨立的慘淡氛圍隨著外頭天色漸漸昏暗越來越濃厚，尤其看到初塵的辦公桌上還放著兩人的合照更顯得刺目……

「我喜歡十五層樓我最愛十五層樓，這麼高這麼貴也不是人人都住得起。」邊碎念著這句話，奏星純打開電子郵件便看到初塵寄給他的檔案，拜衛星定位越來越普及所賜，現在要掌握一個人的行蹤非常容易，初塵辦事極有效率，把華人廚師這個禮拜去過什麼地方列成清單，旁邊還註明時間。

「Excellent！我整個幹勁都來了，週末加班果然是對的。」

奏星純快速閱覽清單上的位置，初塵已經刪去閒置時間過短的地點，剩下的都是華人廚師待超過十分鐘的地方，比較主要的景點都一一標示上去，例如華人廚師工作的五星級飯店、文藝廣場或某間餐飲學院。保羅包庫斯廚藝比賽大多是在法國知名的餐飲學校舉行，一來設備齊全，二來可以容納許多參賽團隊，看來華人廚師這段時間都密集地準備當天參賽的料理。

但這幾天有個小行程吸引了奏星純的注意。

華人廚師在前天下午五點去了縷紅新草古董店。衛星定位沒有標上這間店的名稱，只寫上古董店的地址而已，就在商業圈的小巷中，華人廚師待上半小時左右。

如果奏星純沒去過那地方，這個細節很有可能會被他忽略掉，有誰會知道那條暗巷裡隱藏著死人骨頭都能拿出來賣的古董店？他盯著螢幕想了想，考慮是否該直接問辛紅縷這件事。

這時，奏星純的手機響了，是古董店打來的，他看著手機上的來電顯示號碼幾秒，按下了接聽。

「怎麼了？」

「純君今晚有空嗎？」辛紅縷的聲音依舊是斯文好聽，但奏星純此時此刻的心情卻複雜到了極點，絕對不是因為華人廚師的關係，而是「今晚有空嗎」十之八九是他的紅粉知己才會說，沒想到這麼引人遐想的一句話竟然是出自男性的口中，重點是那個男人還是辛紅縷……

「有……」奏星純閉上眼暗自嘆了一口氣，「想做什麼？」

「夕暮準備了晚餐，炊金饌玉等候純君的駕臨。」

「你的心情似乎不錯。」

「最近完成一筆令人愉快的交易，純君如果有興趣的話，請來敝店一敘吧。」

令人愉快的交易？莫非是跟華人廚師嗎？奏星純明白不能在辛紅縷面前表現得太急迫，儘管他很想知道華人廚師到底在古董店有什麼買賣，可辛紅縷畢竟是個話術高超、擅於操弄人心的棘手人物，他親眼見過那個人怎麼引誘展冰雲，所幸少年不是普通人，若換成一般死老百姓，肯定兩三下就跟辛紅縷做交易了吧。雖然每一次與辛紅縷接觸都如履薄冰，卻是奏星純認為那個人最具魔性的地方，這世上只有辛紅縷值得他使出渾身解數來應對。

「怎麼聽來有種請君入甕的感覺？」話是這麼說，奏星純已經開始收拾桌面打算離開辦公室了。

辛紅縷在電話那頭輕輕笑了幾聲，「只是風花雪月的雅興，純君用不著那麼謹慎，那麼恭候你的到來。」

結束通話後奏星純開著車前往商業區，把車子妥妥停在停車場徒步去暗巷。

晚間時分這個地區相當熱鬧，情侶彼此牽著手有說有笑地走在街上，昏黃的路燈有著朦朧的光暈，各家餐廳紛紛祭出可愛的女服務生在路旁發送傳單，奏星純穿著黑色大衣看了周遭的景色一眼，準備步入暗巷時，電光石火的剎那，一發子彈貫穿了他的左肩！

鮮血頓時從傷口處噴了出來，附近往來的人群發出驚嚇聲，奏星純心裡大叫不妙想找個能遮蔽的地方藏身，沒料到下一發子彈緊接著從遠處射過來，他極為走運地閃避過去，看到牆上留下的彈痕，內心都涼了半截。

「大家快趴下，有狙擊手！」他連忙大喊著，一時之間繁華的商業區傳來此起彼落的哭音與不安的尖叫，耳邊聽到的淨是「到底發生了什麼事」、「有人中彈了」、「好可怕這是恐怖攻擊嗎」這些語句，奏星純知道對方的目標是他，為了不要牽連別人，他忍著傷口疼痛快步逃進巷子裡。

奏星純見到暗巷中停了一台車，他不曉得是誰把 BMW 新發售的 X5 Security Plus 放在這邊，但無論車主是誰，他都愛死這個人。

「Lucky bastard !」奏星純立即躲到這台 BMW 的後面，然後拿起手機打電話給一一九。

大概商業區的吵鬧聲傳進古董店裡，銀蓮花只好出門一探究竟，奏星純一看到妹子明晃晃地跑出來，顧不得左肩的傷勢讓他疼得猛流冷汗，急忙大叫：「妹子快趴下！有人持槍。」

「看來奏先生這次可惹了一個大麻煩。」銀蓮花這句話才剛結束，BMW 的前方就發出「碰」的聲響，八成是子彈打在車子上。

「巴雷特 M82 狙擊步槍搭配 .50 BMG[1] 全金屬被覆彈的威力不是開玩笑的，運氣太差被射中整顆頭飛出去是很有可能的事，照剛剛牆壁上的彈痕推斷，狙擊手大約在一千八百公尺遠的地方，那附近就屬銀行大樓的視野最好，我真他馬的討厭黑道流氓，都不照規矩來[2]。」

奏星純暗自評估傷勢，子彈貫穿肩膀這算小事，那個狙擊手恐怕是想瞄準心臟，但技術不好偏了位置。巴雷特 M82 的有效射程超過一千五百公尺，雖然也有兩千五百公尺命中的紀錄，不過很遺憾的，那需要搭配天時地利以及優秀的技術，再加上 BMW 的 X5 Security Plus 有防彈功能，狙擊手應該心知肚明這次很難取走奏星純的性命。

「這國家的治安真是越來越不可靠，我看得買一台防彈車保身。」奏星純聽見遠處傳來警車鳴笛聲，他明白自己有驚無險地躲過一次攻擊（是的，肩膀被子彈貫穿對奏先生來說只是「無險」），但與辛紅縷的晚餐確定是徹底泡湯了。

警方立即趕來並將他送去醫院急救，也到處搜查可疑分子，但沒有找到狙擊手的下落。

之後奏星純在前來探望的銀蓮花那邊得知車主的身分，是娃娃臉畫家彷夕暮，當天他只是圖個方便把車子停在縷紅新草古董店旁邊，想不到保了奏星純一命，聽說彷夕暮買這台車僅僅是因為「防彈這兩字聽起來很拉風」……

醫院取出子彈後交給警方，發現子彈上刻著中文，奏星純在中彈時就猜出想要殺害他的人是哪邊的人馬，中國廣東非法組織似乎對他相當念念不忘，即使根據地被國際刑警毀了大半，核心成員仍在暗處蠢蠢欲動。

奏星純在醫院整整待了一個禮拜，子彈射中肩膀靠近胸部的位置，幸好沒有傷到臂神經叢[3]，不然可能終其一生都無法正常使用左手。

辛紅縷在他出院後三天才去星塵偵探社慰問，並送給他一個透明的水晶瓶，裡面

注釋——

1—全名是 .50 Browning Machine Gun，簡稱「.50 BMG」，一開始是用來當作重型機槍的彈藥，後來用途越來越廣泛，甚至開發全金屬被覆彈、穿甲彈、燃燒彈等多種類的彈藥。

2—戰場上有不准使用 .50 口徑的狙擊步槍攻擊人員的潛規則，美國陸軍軍法處認為戰場瞬息萬變，無法用任何條約來限制，因此國際公約裡並沒有這一項明文記載。

3—臂神經叢，胸腔進入手臂的血管與神經束，包含感覺神經纖維（控制感知）和運動神經纖維（刺激肌肉動作）。

盛裝無色液體。

「這是？」奏星純不明所以地晃了晃手上的水晶瓶，造型是挺好看的，一匹水晶雕成的獨角獸抱擁瓶身，相當精緻美觀。

「透過一點私人交情才得到的藥物，被稱為PURE BLOOD（純血），能夠痊癒你身上所有傷勢，請盡早享用它。」辛紅縷淡淡說著。

沒想到那個人也會使用「私人交情」這樣的說法，看來這只水晶瓶讓辛紅縷傷透了腦筋。

「所以這瓶子裡面裝的是血？」奏星純問著。

「是的。」

「嗯……應該不是出自普通生物，人魚？」他隨口問著。

「純君聽過八百比丘尼[4]的故事吧，我認為長命百歲不是你的人生目標，因此就選效果溫和的獨角獸。」

獨、獨角獸？

所幸奏星純有好好拿著瓶子，要是不小心手滑把水晶瓶摔破在地上，相信辛紅縷肯定會跟他絕交。

「獨角獸是指有長角的白馬嗎？」慎重起見，奏星純直接把水晶瓶放在桌上，省得什麼災難發生。

「沒錯，這有保存期限，純君方便的話也請馬上服用。」見奏星純沒有喝它的意思，辛紅縷忍不住催促著。

「是是，其實我的傷口已經復元大半了，放著自然痊癒也沒有什麼不好，嘛是說，也有人跟你一樣是在搞奇怪的買賣嗎？」

奏星純在辛紅縷的盯視下只得打開瓶子喝下裡頭的水，或者該說是血比較恰當，意外的沒有什麼味道，但藥效出奇迅速，才剛喝完，他就感覺到左肩的傷痕已經消失了。

「那個人開了一家舶來品店，純君口中的人魚是他的商品之一，有機會再帶你去

注釋——

4 八百比丘尼，比丘尼指的是尼姑，這是日本流傳已久的故事，一名比丘尼吃了人魚肉活了八百歲，她的容貌隨著時間緩慢變化，傳聞她到一百多歲時仍像個少女。

參觀。」辛紅縷見奏星純已無大礙，便起身要回縷紅新草古董店。

「這屆保羅包庫斯廚藝大賽會很精采，純君千萬不要錯過相關報導了。」

「那個華人廚師果然有跟你進行交易對吧？」經青年這麼提起，奏星純才想到過兩天就是保羅包庫斯廚藝比賽了，初塵在他受傷這段期間，調查到華人廚師於上次比賽中使用的食材來源，這個男人確實有向未登記的私人醫院購買嬰兒，做成那道名為 INFANTE 的料理。

「你得掌握一點資訊我才會給你事件的原貌，倘若純君無法找到線索，那就表示你還沒有辦法窺見這個買賣的內幕。」青年留下這番話後，離開了星塵偵探社。

「是我的錯覺嗎？外貌協會似乎在報復你錯過跟他的飯局。」默不作聲觀察兩人互動的初塵說出了感想，「如果你沒遇到襲擊，妥妥地和他愉快用餐，說不定外貌協會什麼內幕都跟你招了。」

「你以為我願意遇到襲擊？」奏星純嘆了一口氣，「我得想辦法弄一張保羅包庫斯廚藝大賽的邀請卡才行，那個人是認真的，如果我沒得到三成的訊息，休想在他口中套出七成的真相。」

聞言，初塵再度給了一個良心建議。

「我明白外貌協會是你夢寐以求的刺激，這人非常危險也非常合你的胃口，我只有一句話要奉勸你，當心玩火自焚。但目前的局面根本是你人生巔峰中的巔峰，前有外貌協會不時幫你製造樂子，後有廣東非法組織出其不意帶來的驚喜，你應該快樂得不得了吧。」

「幫我訂去法國的機票。」奏星純頭也不抬地著手邀請卡的事宜。

「你到底有沒有聽我說話？」

「機票。」

「……你這傢伙的個性怎麼可以這麼差？」遇到奏星純真不知是他上輩子修來的福氣還是祖宗十八代累積下來的衰運，初塵在心裡埋怨不下數十次後，認命地去訂機票了。

事實上辛紅縷方才所提到的舶來品店在日後也成為奏星純人生超級巔峰的刺激來源，不論是羽蛇神（美洲中部的傳說生物，長滿羽毛的蛇）或是拉彌亞（半人半蛇的生物）都能在那間舶來品店看到，但奏星純正式走訪這間神祕程度與縷紅新草古董店不遑多讓的地方，是在華人廚師事件結束半年後。

✧ ✧ ✧

保羅包庫斯廚藝大賽一落幕，奏星純就搭機回國了。

把蒐集到的資訊稍微整理，他便開車前往縷紅新草古董店。

那位英國委託人在這次大賽裡得到第二名，評審給予的分數遠輸給這屆冠軍，也就是華人廚師，那道 The times of the emperors 帝王時代獲得保羅包庫斯廚藝大賽有史以來最高的讚譽，就連口味極為挑剔的美食評鑑家，都不吝嗇地寫下「這個時代無法被超越的美味」這樣的評語。

華人廚師被媒體問及料裡所使用的食材時，回答「參考中國北方游牧民族醃肉的方式，我將之運用在料理上」，但事實上中國游牧民族處理肉的方式百樣種，有些喜歡將肉浸泡在酒裡，有些喜歡做成肉乾，要不是觀眾席可以看到廚師們料理的過程，奏星純還真猜不出華人廚師所指的醃肉方法是哪一種。

鹽漬。他在即時轉播螢幕上看到廚房裡華人廚師拿出肉品時，肉塊上有一層薄薄的結晶，那是鹽。

說起鹽漬的話，可以追溯到商朝到漢朝期間就有記載的胡人，其中，東胡、濊貊、肅慎被稱為古代東北三大民族，鮮卑的祖先是東胡，而契丹是鮮卑的後裔，當時群居在遼水上游一帶，自稱為「青牛白馬之後」。他們偏愛吃食牛羊，只要天氣一悶熱便鹽漬生肉，這是古時就沿革下來的習慣。

東胡沒有什麼好說的。

再來鮮卑的話，這個民族建立北魏，最著名的就是子貴母死的制度，只要女性生下皇子會立即賜死，非常殘酷。

至於契丹，遼太宗建立遼國後，這個君主本身就有一個知名事件，《舊五代史契丹傳》明確寫著「契丹人破其屍，摘去腸胃，以鹽沃之，載而北去，漢人目為帝羓焉」，帝羓指的是被當成牲畜一樣鹽漬起來的皇帝屍體，遼太宗是中國歷史上第一個也是最後一個屍身遭到醃製的帝王。

The times of the emperors 帝王時代，八九不離十意謂著遼太宗，那個華人廚師恐怕是和辛紅縷進行交易得到皇帝醃肉，那個人經營的古董店裡什麼死人骨頭都有，要拿出遼太宗的肉塊肯定不是難事。

但奏星純很懷疑一千多年歷史的肉吃下去到底有沒有問題……

一踏進古董店，他就看到辛紅縷坐在沙發上悠閒地喝紅茶，正值年初寒冷時期，銀蓮花善解人意的遞上熱毛巾，並將奏星純的大衣掛在衣架上，還倒了一杯熱騰騰的白蘭地皇家奶茶給他暖身。

「華人廚師拿到的肉塊不大，目測大概有五公分左右，這小小的五公分你究竟在那個男人身上搜刮了什麼好處？」奏星純問著。

「說是搜刮也太嚴厲了些，所有的買賣都是你情我願，得與失是同分量，沒有誰特別獲利也沒有人特別慘輸。」辛紅縷放下茶杯輕聲開口：「不過純君此次前來，莫非已經找到一點端倪了嗎？」

「你把遼太宗的肉賣給他？」

「純君不愧是我看過最精明的人了，確實是這樣沒錯，五公分大小的肉塊用五十年交換應該不為過。那位廚師獲得空前絕後的成功，在追求極致藝術上心無旁騖地走到頂點，這樣的心境真令人肅然起敬。」

奏星純想起芥川龍之介所寫的《地獄變》裡，有一段話是這麼說，「即使在某種技藝上有過人之處，如果不懂道德倫理，也只好墮入地獄」，完全就是這位華人廚師的寫照。

他決定不對華人廚師的作為發表任何感想，那個男人為了追求頂級的美味拋棄家人，一心一意走在料理藝術的道路上，妻子與女兒和他形同陌路，那個男人打從一開始就孤獨地選擇自己的人生。

「話說，你那邊該不會有遼太宗的全屍吧？」

「是的，畢竟敝店經營古董。」

「我越來越不懂古董的定義了，介意我去觀看嗎？」

很難得的，辛紅縷搖了搖頭，「為了避免純君夜長夢多，還是別看吧。」

「好吧，不過吃了那塊一千多年的肉，不知道大賽評審們的腸胃有沒有問題？」

「估計腸胃沒什麼大礙，但如果你是問吃下去會有什麼後遺症，這倒是有。遼太宗是遼國首位皇帝，平民膽敢吃食他的身軀，九泉之下的遼太宗肯定不會瞑目。」辛紅縷邊說，嘴邊掛著難以揣測的淺笑。

奏星純無奈道：「遼太宗若真不瞑目，就應該找你好好算帳，罷了，我得回去打報告然後將調查結果回覆給委託人，不曉得他看到皇帝醃肉這四個大字會有什麼想法。啊還有，你該氣消了吧，半路遇到襲擊不是我自願的，你若有什麼不滿，大不了下次我請你吃飯。」

奏星純把銀蓮花泡的茶喝完，心裡評估他回到星塵偵探社花兩個小時就能完成報告，寄去給英國養生廚師後就算是結束這次的委託，接下來的時間他可以好好研究廣東非法組織的動向。據國際刑警調查，組織的首腦是個「華麗的中國人」，這個用詞無誤，傳言是個容貌一等一、暴力美學也一等一的美男子，真實姓名與年齡不明，看過他完整面貌的人墳墓上的草都長得跟路燈一樣高了。

「純君下廚嗎？」辛紅縷問著。

「別看我這樣，陽春水我可是時常在碰的。不過別太期待我會端出什麼像樣的料理，要是你想吃到彷夕暮那樣等級的晚餐，我建議咱們可以去吃高級餐廳。」附帶一提，所謂的陽春水泛指洗米水、洗碗水、拖地水、洗衣水等等。

聽完，辛紅縷隔了三秒才說：「我對吃沒有非常講究，純君也請隨意地準備自己喜歡的料理與口味。」

真的對吃不講究的話，根本不會叫娃娃臉來古董店煮飯。奏星純默默的腹誹一番。

「我這邊的事告一個段落後，就邀請你過來，先這樣，我要回去了。」

和銀蓮花與展冰雲各別打了招呼，奏星純就把黑色大衣掛在左手走出古董店，午後的空氣還能感覺到一股餘溫，喝過溫熱的白蘭地奶茶讓他一點也不覺得寒冷，就這樣帶著輕鬆的心情步出暗巷。

✣ ✣ ✣

但華人廚師事件還沒完全結束。

這名追求料理藝術卻失去人性的廚師，在大賽後過沒幾天重新登門拜訪縷紅新草古董店，並央求辛紅縷無論如何都要跟他進行交易，只是……

「很可惜，閣下已經沒有任何等價的東西能夠進行買賣了。」太宰治曾說過，審判人之際，感覺自己像一具死屍，又像神的時刻。辛紅縷特別享受這種宣判的餘韻，尤其看到那個男人臉上驚慌失措的表情。

「我願意用剩餘的人生跟你交換！如果你想要錢，我可以拿出好幾萬美金。」男人幾乎是跪在地上苦苦哀求著。

辛紅縷冷漠道：「這樣實在有失格調啊，已經得到保羅包庫斯廚藝大賽冠軍的您，為何還不滿足呢？」

「那個美食評鑑家想要再吃一次 The times of the emperors 帝王時代，他終於露出崇拜與驚嘆的表情了，虧他之前還把我做的料理當垃圾看，我想再欣賞一次！那個傢伙像蟲子一樣瑟縮顫抖請求我給他肉吃的卑賤模樣。」

雖然獲得龐大的成功，記者媒體爭相採訪他，《時代雜誌》認為他是劃世代的廚師，出版業者不斷向他邀約食譜出版，這些榮耀與光環遠遠不及那個曾經把他的料理狠狠踩在地上、現在卻為了吃一口他做的東西而卑躬屈膝的美食評鑑家。

「像蟲一樣瑟縮顫抖？不就是在說閣下嗎？您現在的模樣也讓我覺得跟蛆蟲無

異，只剩下三年的時間您務必好好珍惜，請離開吧。」

男人用無比怨恨的眼神直直盯著辛紅縷，但青年不以為意地翻閱手上的書籍，他知道，華人廚師不會就此罷休。

果不其然，當天晚上古董店就遭人入侵，是在凌晨兩點多的時候，辛紅縷於寢室休息時，銀蓮花靜悄悄地來到他身邊，告知有某個不知好歹的竊賊闖入店裡，並直接進入那個房間。

竊賊的用意很明顯。

辛紅縷慢條斯理地披上保暖的大衣，很講究地拿起瓦斯燈和銀蓮花往那個房間邁進。

奏星純曾說縷紅新草古董店是二十一世紀的古代遺跡，店裡除了有電話（還是一八九六年時期的復古電話）以外，沒有先進的電子科技設備，因此入夜得打燈才能照明。

那個房間的門房緊閉。門是採特殊設計，即使不隨手關上也會自動闔緊，只能往外開不能由內打開，這是安全考量。

「我就不進去了。」銀蓮花面有難色地停下腳步。

辛紅縷笑了笑，輕輕推開門隻身入內。

長明燈上燭火搖曳，千年繁華刻劃在每個雕花細節裡，金絲楠木的皇棺沉甸甸的棲息在四處，一如既往瀰漫奢華風情，唯一不同的是房內多了一具被撕裂碎爛的身體。鮮血汩汩流出，散發鐵鏽低俗的氣味。

——逐步毀滅行屍走肉。

「又見面了，閣下。」辛紅縷低頭看著尚有一些意識的男人，他的身體像是遭野獸啃咬般四分五裂，頭部還連接著頸項，只是胸膛與脊椎已經不知去向了。

「您看起來似乎不怎麼安好，之前就提醒您了，務必要珍惜剩下的時光，如今看來閣下真的很貪得無饜啊。」

「你、你居然……將那種東西賣給我……」男人忿忿說著，即使力氣已經所剩無幾，仍是用盡全力控訴內心的絕望。

燈火通明映照著辛紅縷斯文俊美的容貌，青年靜靜地露出好看的微笑。

——仲夏烈日，炫目迷離。

「閣下能在死前窺見敝店的真面目，不枉此生。」

辛紅縷輕輕呼出一口氣，房內所有長明燈隨之熄滅，只留下他手上微弱的瓦斯燈。

「人間處處是地獄，畜生的悲哀，下民易虐上天難欺，黑夜之後晨曦將臨。」青年悅耳的聲音流洩在深夜清冷的空氣裡，帶著毫無情感的口吻，宛如千人塚裡飄忽的鬼魅。

「拜託……請、請救……」男人垂死的呼喚細微得如同白鳥[5]飛鳴。

——僅剩遊絲吐息。

「晚安。」伴隨著這句話，房間裡一片黑暗。

翌日，新聞一角寫著這屆保羅包庫斯廚藝大賽獲得冠軍的華人廚師行蹤不明，該廚師疑似在比賽裡使用人肉當作食材，此舉無疑是對料理界投下一枚震撼彈。

另，知名美食評鑑家於家中慘死，屍體嚴重變形扭曲，警方著手調查死因……

注釋——

5 白鳥：古時蚊子的舊稱。

第四篇

黃金聖盃

「真令人訝異，沒想到這位先生居然對妻子如此……我該用什麼詞好呢……」

「用情至深。」

「是的，是這四個字沒有錯，儘管妻子不忠，可先生對她仍至死不渝，是因為這是義務嗎？」

「凡事都套上義務和責任的話就太膚淺了。這位先生不離不棄呵護妻子，是對她的情感與愛。」

「你提了我無法理解的事情。」

「說也是，要是能夠理解的話，你就不會幹黑心買賣了。」

楔子

梶井基次郎，日本小說家，短暫的三十一年人生寫了二十篇作品，認識辛紅縷之前，我對這位英年早逝的小說家相當陌生，一直到三月初和辛紅縷一同觀賞盛開瀰漫的櫻花時，他提到了〈櫻樹下〉這篇文章。

櫻花樹下埋葬著屍體。

請對此事信以為真。何出此言？在於櫻花綻放如此冶豔、擁有不可思議的美麗，讓人無法置信，自從目睹櫻花的美豔後，這兩三天一直盤旋著不安。只是現在，我終於明白一切的實情。櫻花樹下埋葬著屍體，也請對此事堅信不移。

在綻放異樣美感的櫻樹下埋葬著馬的屍體、貓犬的屍體，接著就是人的屍體。蛆在腐爛的屍體上放肆猖狂，散發腐敗且令人作嘔的惡臭，然後在敗壞的屍體裡流出如水晶般的液體。櫻樹的根部像貪婪的望潮[1]般環抱屍身，並聚集猶如海葵的毛根吸吮著液體。

到底是什麼創造了那些花朵？到底是什麼創造了那些花蕊？我彷彿看到毛根吮吸的液體排成靜寂的隊列，在根莖之中如夢一般恍惚地往上流動。

——你為何如此哀愁？這不是完美的透視術嗎？我現在終於能夠平靜下來注視那些櫻花。昨天和前天，我總算從莫名不安的神祕中獲得解脫。

兩三天前我順著溪流而下，在石上大步行走，水光蕩漾，薄翅黃蝶在激濺起來的水滴中穿梭飛舞，如維納斯誕生一般。如你所知一樣，薄翅黃蝶於此展開絕美婚禮。短暫行走之後，我遇見奇異的景色。溪水乾涸的河灘上有一小處的水窪，就在那之中散發不可思議、像石油般絢麗的光彩。你認為那是什麼。那是數以萬計薄翅黃蝶的死屍。彼此交疊著羽翅，層層覆蓋在水面上，在日光映照下流洩著妖異炫目的光彩。這是薄翅黃蝶產卵後的墓地。

注釋——

1　望潮：章魚的別稱。

在看過這般景色後，胸口被激烈地撞擊著，我像似變態般品嘗發現墳墓與屍體的喜悅。

這條溪間並沒有讓我歡愉的事物，只不過是些黃鶯和四十雀，或者籠罩在日光和青煙下樹木的嫩芽，僅僅只是這些朦朧的景色。對我而言悲劇不可或缺。只要有這個平衡存在，我內心的形象才能更加明確。我的心如惡鬼對憂鬱充滿著渴望。我的心唯有被憂鬱占據才能感到和平。

不知從何而來空想捏造的屍體現在竟與櫻樹合而為一，無論怎麼搖頭也不能將之剝離分開，是的，正是當下的我，好像擁有了與那些在櫻樹下飲酒作樂的村人們同樣的權利，喝酒觀賞綻放的櫻花[2]。

不愧是風格抑鬱帶有病態幻想的作家，只是觀賞櫻花而已也能有這麼駭人的想像——櫻花之所以能這麼美麗，是因為樹下埋葬著屍體，吸取屍身的鮮血綻放瑰麗的花朵。

這讓我聯想到辛紅縷。

他的實際年齡肯定比外表大了好幾歲，那個人恐怕活了很長的時間，但容貌始終停留在二十五歲左右的模樣。和縷紅新草古董店交易的客人付出了生命或者青春，說不定這正是辛紅縷維持外表的方式。

「那個」是人類嗎？

每當我有這樣的疑問時，總會想起他那天難得的笑容，跟以往高深莫測的笑意不同，是帶有暖度的淺笑。

只因為我送他一枚戒指。

他那時的表情讓我印象深刻。

現在想想，這是辛紅縷最像人的時刻。

注釋——

2—梶井基次郎有昭和文學史上的波特萊爾之稱，寫作風格近似散文詩，書中僅節錄部分內容，詳情請見P.242的詞條說明。

Episode 1

雪月花・上

英國倫敦，伯克利廣場（Berkeley Square）。

一如既往，每當這個時候總是布滿人潮。

在每年一月和九月舉行的 THE LAPADA 藝術與古董展[1]為期五天吸引了世界各地的古董愛好者與商人聚集一堂，可以看到清朝乾隆時代的掛壁燭台，十七世紀景德鎮出產的薄胎瓷[2]、十八世紀風靡一時的 REGARD 墜飾[3]、前五世紀的基里克斯杯[4]等等。

辛紅縷與奏星純也在龐大的人潮中，耳裡不時聽到各國語言，放眼所見皆是不同膚色的人。

「這就是所謂的黑彩陶器吧？」奏星純遠遠就看到某個攤位上正擺著紅底黑色輪廓的陶器，這是古希臘製品，使用富含鐵的白色黏土製造，圖樣的輪廓先在陶器上勾畫，再填入精製黏土製成的塗料。將陶器放進攝氏八百度的窯內燒烤，由於氧化作用的緣故使陶器變成紅橙色，接著將窯的通風口封閉並加入新的木材添火，此時溫度會升高到九百五十度，由於窯內的氧氣被大量消耗使陶器變成黑色。最後階段，將通風口打開讓氧氣進入窯內重新氧化，花瓶會變回紅橙色，而圖案仍保持黑色。此為西元前七世紀就存在的工藝，充分利用物理變化。

「是的，能保存如此完善確實不簡單。」話是這麼說，但辛紅縷也只有輕瞄一眼便移開視線。

很明顯的，他對這類物品不感興趣。

注釋——

1—LAPADA，是英國目前最大的古董與藝術品經銷商協會，擁有超過六百位來自英國各地的會員，以及海外的成員。

2—薄胎瓷，全手工製作，要經歷上百次的修琢才能將粗胚拉到零點五毫米的厚度，人們稱為「薄似蟬翼，亮如玻璃，輕若浮雲」。

3—REGARD墜飾，取自寶石第一個字母傳達訊息，紅寶石是R，祖母綠是E，石榴是G，紫水晶是A，鑽石是D，紅寶石要放兩顆，排列起來就是REGARD（敬愛）。

4—基里克斯杯，古希臘雙耳淺口大酒杯，杯底中央通常有圖案，在喝完酒後才會看到。

辛紅縷在上個月便約奏星純來英國參與古董展，正巧奏星純手邊沒什麼事，就答應這次邀約，生平第一次踏進古董展雖然不算大開眼界，但也被古董收藏家驚人的消費力嘖嘖稱奇。前一小時，古董展出售了七億多元的無色鑽石，得到這件物品的是法國某位富豪，不禁讓奏星純有種錯覺，彷彿一千萬在這裡就跟傳統市集裡的一百元一樣容易出現。

奏星純的家境優渥，奏氏是國際金融集團，十八歲那年父親送給他的生日禮物是一九九六年生產的超級跑車法拉利 F50 GT，現在他住的高級大樓光每個月管理費就要五萬元，但他無法毫不猶豫拿出七億，尤其是只買一顆鑽石。

不過如果七億元可以買辛紅縷的身家資料，奏星純絕對會馬上簽下支票順便附上燦爛的微笑。

兩人走走看看時，附近發出了喧鬧的聲音，奏星純有聽到關鍵字──秦始皇的劍。他海拔很高，稍抬個頭就能看到古董展各個攤位上發生了什麼事，某位攤主正展示一把青銅劍，中國商周時代到西漢之前普遍使用銅和錫合金冶煉製造的武器，一直到西漢後出現鐵製兵器，青銅劍從此在歷史舞台引退。

作為行刺作用的青銅劍一般不會太長，因為過長容易折斷的緣故，大部分都製成短劍，史上最負盛名的青銅劍是越王勾踐的配劍，全長六十點六公分，但這把劍卻接近一公尺。

「是真品嗎？」奏星純低聲問著。

「確實是真品，嬴政登基後曾命人打造兩把劍，並在上面刻著定秦兩字，一把隨身攜帶、一把埋在觀台下，佩劍隨著他一同入葬，這把是當初埋在觀台下的青銅劍，搭配嬴政一百九十八公分的身高，佩劍長度有一尺不為過。」

「一百九十八公分？果真是做什麼事都要高人一等的秦始皇。」

就算奏星純再怎麼博覽群書也記不了中國古代各個皇帝的海拔，比較有印象的大概就清朝的光緒，他只有一米六。

「正因為佩劍太長，當初燕國荊軻企圖行刺嬴政時，他無法及時拔出佩劍才會狼狽地繞柱狂奔。」

「真蠢。」由於這把是埋在觀台下的青銅劍，因此不是那麼重要，但奏星純這下開始疑惑秦始皇有沒有在荊軻事件過後修改佩劍的長度？

此事先暫時不提，古董展上許多名貴逸品琳瑯滿目，辛紅縷幾乎都是輕輕瞄過，他不禁暗自揣測那個人來古董展的目的。

「你有看到喜歡的嗎？」奏星純問著。

「我有此行務必得手的物品，對方的攤位非常裡面，也請純君稍稍陪我走這段路。」辛紅縷的腳步不快，但一直沒有因為週遭展示的各種華麗古物而有所停留。

「務必得手呢，好堅決的用法，就讓我期待一下你會買什麼東西好了。」

畢竟是那個會在店裡販賣死人骨頭與許多不可思議、傳說物品的辛紅縷，就算是維多利亞女王戴過的飾品他也不會另眼相待，奏星純原本預想那個人可能會入手某位詩人的手稿或相當珍稀的作品，例如名為 Vdersolstavlan 幻日之畫的油畫在這次古董展也有進行拍賣。這是瑞典最古老的風景畫，西元一五三五年在瑞典的首都斯德哥爾摩發現這個作品，繪者不詳，坊間有不少這幅畫的仿作。

兩人往展覽會場裡面走了幾分鐘，辛紅縷終於在一名印度古董商面前停下了。

看到攤主是印度人時，奏星純何止臉綠，簡直都要變黑。

不是他有種族偏見，而是印度人真的太難搞太難搞……

學生時代他和初塵兩人去印度旅遊觀光，見識當地與眾不同的風俗民情，在出發前皇太后說她安排一位印度友人多多關照他們，想不到那位友人真的很給力關照，食衣住行全安排最奢侈的行程……不談玩樂購物的部分，光是住，每天就花奏星純一千美金，那位友人在他們要回國的前一天招待兩人去吃上萬元的豪華晚餐，並說了一句「我每天都花好幾千美金，奏先生也是，我們的階層是一樣的」。印度的階級制度嚴苛到令人咋舌，高規格的人絕不允許自己以及周遭的人有低俗的品味與花費，拜這種制度所賜，那次印度旅遊是奏星純的人生惡夢。

「你該不會要跟這位印度人交易吧？」奏星純有些崩潰。

「正是。」辛紅縷笑了笑，便用英語和那名印度人交談，說了幾句後，印度人拿出一個黑底紫色紋路的盒子給他，辛紅縷打開觀看，裡面放著一只滾筒印章。

西元前三千多年由蘇美人發明的滾筒印章[5]在亞述、巴比倫、西臺與米坦尼等國

注釋——

5—滾筒印章，高度約二點五公分的圓柱形，中空以方便穿繩攜帶，廣泛當作印鑑使用，一般是在滾筒上刻下象徵性的圖紋，古代中東地區會拿滾筒印章在濕的黏土上滾動按壓留下連續的圖案。

家發揚光大，不少從商人士、高官與貴族都使用滾筒印章來證明身分，除此之外，印章的主題也有可能是敘述神話故事或是覲見國王的過程。

「這是……」奏星純無法從印章上的紋路判別是出自哪一個帝國，美索不達米亞及兩河流域地區都有使用滾筒印章的紀錄，但看印章的材質應該是瑪瑙，有辦法使用這麼高檔次的石材，肯定是出自大祭司或皇宮王族。

「這是西臺帝國的穆爾西里二世使用的滾筒印章，上面刻著他的名字與王族象徵。」辛紅縷戴上手套，拿起這只印章仔細地看過一遍，說道：「保存得非常好，可以想像當初穆爾西里二世陛下拿著這只印章，雍容自在地與戰敗的米坦尼和敘利亞簽下和平條約。」

「看來軍火相當強大。」奏星純對西臺帝國的瞭解僅止於冶鐵技術最早起源於這個地方，是世界上最早進入鐵器時代的民族，西臺人驍勇善戰，驅駕著馬拉戰車衝鋒陷陣所向披靡，使敵軍聞風喪膽。

辛紅縷問道：「穆爾西里二世差點把敘利亞夷為平地，他寫了不少軍事戰略的書籍，你說呢？」

「軍事天才。」奏星純說出這句話時，辛紅縷臉上露出滿意的淺笑。

印度人用英文說了幾句話表示他這邊還有非常珍貴的文物，辛紅縷是個很有格調的買家，又同是古董商，一定會對這樣物品很感興趣。那個印度人邊說邊拿出另一只黃金打造的小盒子，大概長寬十五公分，上面刻著古埃及精緻的雕紋。

「我的物品只展示給同樣階層的人。」印度人這麼說著。

唉，果然是到哪裡都講究身分的印度。奏星純默默嘆了一口氣，腦裡甚至閃過幾幕印度惡夢之旅的畫面。

「感謝厚愛。」辛紅縷謝過印度人後，打開黃金寶盒，裡面放著一枚戒指，上頭細細雕琢著瑰麗的圖案，並在戒環外側刻著古埃及文。

「是埃及的戰神、圖特摩斯三世[6]的戒指，這確實異常珍貴。」

「如果您喜歡的話，我們不妨做個交易。」印度人的口氣溫和了起來，「這兩樣

注釋——

6 圖特摩斯三世：古埃及第十八王朝最以尚武著稱的法老，在位時為埃及開疆闢土，還使利比亞、亞述、巴比倫、西臺和克里特島向他納貢，因此一些歷史學家稱他為古埃及的拿破崙。

東西會購買的人很少，大家都偏愛珠寶或象徵性的器具，您看我左右鄰居都擺著青花瓷或骨瓷之類的東西，當然也有很多人賣起佛像，大老遠跑來英國倫敦結果在古董展上看到家鄉的濕婆神木雕，真的有說不出的……」

說不出的囧。奏星純明白，囧這個詞用英文表示大概就是oops，很口語很隨興，不怎麼適合高階級的印度人。

「閣下打算怎麼交易？」辛紅縷問著。

「我之前就聽過您的名聲，據聞貴店有許多價值連城的商品，我一直在尋找KAPALA，不知道貴店是否有這樣的商品？」印度人說到「KAPALA」這個詞時，聲音極為小聲。

奏星純不知道滾筒印章是穆爾西里二世的印璽，也不知道黃金盒裡裝的是圖特摩斯三世的戒指，藝術品與古文物的鑑賞是專門科，並不是多讀點書就有辦法勝任，但他知道什麼是KAPALA，漢字寫作「嘎巴拉碗」，是由人的頭蓋骨製成的骷髏碗，又稱內供顱器，藏傳佛教常用的法器之一。製作嘎巴拉碗一定要使用高僧的頭蓋骨，此外，西藏密宗有保留高僧木乃伊的習慣，並相信僧侶的屍骨寄宿著強大的力量。

辛紅縷看著印度人良久，最後輕聲開口：「閣下是指元朝西藏僧人楊璉真珈用宋理宗[7]的頭蓋骨製成的嘎巴拉碗嗎？」

這是中國歷史上有名的盜墓事件，西藏僧人楊璉真珈擅於盜墓，把皇宮貴族的陪葬品全拿來當作修建寺廟的資金，有次盜掘南宋六陵[8]發現宋理宗的屍身完整，便將他的頭蓋骨做成嘎巴拉碗，獻給元朝的國師八思巴。

「是的！是的！我畢生願望就是看到那個由皇帝頭蓋骨做成的嘎巴拉碗，不知道貴店是否有這樣東西？」印度人情緒激動下，黝黑的皮膚微微泛紅。

「閣下確定要用穆爾西里二世的滾筒印章和圖特摩斯三世的戒指，交換宋理宗的內供顱器嗎？」辛紅縷謹慎說著。

「如果您那裡有的話，我很樂意進行交易，即使兩物換一物也沒關係。」

注釋——

7—宋理宗：原名趙與莒，是南宋的第五位皇帝，在位四十年，享年五十九歲，詳情請見P.243的詞條說明。

8—南宋六陵，位於中國浙江省紹興市紹興縣的南宋六座帝王陵墓，分別是永思陵（宋高宗趙構）、永阜陵（宋孝宗趙昚）、永崇陵（宋光宗趙惇）、永茂陵（宋寧宗趙擴）、永穆陵（宋理宗趙昀）、永紹陵（宋度宗趙禥）。

辛紅縷發出了微微的嘆息聲，「不知閣下要這件古董有何用途，但容我提醒，宋理宗雖然荒淫無道不學無術，好歹是宋朝君主，當年使用宋理宗頭蓋骨的人是元朝國師，這無話可說，可要是落入平民手中恐怕會招來不幸，建議您帶個什麼護身用的東西鎮壓也好。」

「我明白的，這邊賣佛像和法器的攤位不少，況且我在印度的古董店對面就是販售天珠和經文的地方。」

「很好的地理位置。」辛紅縷從懷裡拿出一張名片交給印度人，「古董展結束後，也請到敝店進行交易，那麼我就恭候閣下大駕了。」

兩人離開古董展後，奏星純要去和英國友人敘舊，辛紅縷就先回飯店休息了。

雖然不是第一次出外旅行，之前賞櫻時也一同入住溫泉旅館，但那傢伙對於外頭的景色總是露出興致缺缺的模樣，倒也不會露骨地表現無聊的情緒，可就是感覺得出辛紅縷對形形色色的景緻沒有一絲感動。

任何時候辛紅縷都擺出臨危不亂異常冷靜的臉孔，唯一讓奏星純感覺到不同的只有那一次把戒指送給他時，辛紅縷臉上那抹淡淡的微笑。

和友人敘舊完，準備回飯店收拾行李的奏星純在回程的路上遇到了磨難……

不，用磨難兩字實在太嚴肅，確切點來說是餘興。

一群穿著黑色西裝的中國人攔住奏星純的去路，在人來人往治安良好的查令十字路當然不能這麼明目張膽，那些中國人巧妙地妨礙他的腳步，並強迫他走往暗巷。那些中國人的領口都戴著紫色的別針，上頭有黑色的銜尾蛇紋[9]。是廣東販賣「奶粉」的非法組織，國際刑警私下取名為「圓環社」。

被請來暗巷接受道上兄弟款待的奏星純稍微把西裝整理好，他這人很重體面，方才被人這麼一拉一扯，白色襯衫都有皺痕了。

「有事？」奏星純原本想抽根雪茄來讓心情愉快些，就快到晚餐時間了要是他像上次一樣放辛紅縷鴿子，都不知道該拿什麼東西賠罪，可摸了摸口袋，該死的他忘記帶打火機出門，但現在不抽根菸不行啊……

注釋——

9 銜尾蛇的模樣是一隻蛇環繞一圈後咬住自身的尾巴形成一個圓環，代表「自我吞食」、「新生與死亡的交替」、「無盡」等等。

「借個火好嗎？」他相信道上兄弟口袋裡都有打火機，先不論是不是點菸用的，殺人放火這層面也得派上用場。

其中有個人默默地掏出打火機幫奏星純點菸，瞬間，大衛杜夫慶典一號的香氣瀰漫開來，雪茄就是這樣，味道濃厚。

「奏先生三番兩次破壞太爺的計畫，每讓您多活一秒就芒刺在背多深一吋，實在無法讓您久活，不便之處還請見諒。」道上兄弟說話很是客氣，雖然奏星純深深覺得都要對方死了還請求人家原諒也太矯情了些，不過，這就是所謂「有禮無體」的情況吧。

這些人口中說的太爺想必是指組織首腦，聽說是個美男子，但世上看過他真面目的人都去投胎了，只是，居然是用太爺這個稱謂嗎？古時許多小說裡一些自大狂妄的人會稱自己是太爺，此外，僕役稱呼大家族的男主人也會用上太爺這詞，現在已經很少聽到這樣的稱呼了。

「在動手之前想問你們一些事。」奏星純吐出一口菸淡淡開口：「為何要販賣奶粉？那些買下奶粉的人究竟有什麼企圖？」

「奏先生神通廣大，怎麼到現在還不知情？」

「多謝，我也覺得自己神通廣大，畢竟業務包山包海，要掌握奶粉的去向這沒問題，但要調查那些富豪購買奶粉的原因就困難了。真是神奇，那些買家個個守口如瓶，即使詢問他們親朋好友也毫無收穫，莫非是畏懼你們家太爺的權勢，因此閉口不洩漏奶粉的祕密嗎？」

「既然如此，奏先生抱持這個不解之謎就此長眠於世會比較好，凡事知道越多，危險就越多。」

「讓我猜猜，那些人購買奶粉是相信嬰兒可以回溯歲月吧，據我調查，買方通常是三十五歲以上的貴婦人或家財萬貫的富豪，其中也是有二十幾歲的女性，不過這是少數。一些人相信嬰兒肉是永保青春的偏方，某方面來說，這算是美容保養品吧？」

中國人維持沉默，奏星純知道自己至少說對了一半，或者全盤正確，那麼剩下來的疑問就是太爺製作「奶粉」的原因，普通非法組織營利的項目很多，包括賣毒、推良家婦女下海、經營酒店等等，但圓環社卻是以販賣「奶粉」為大宗，軍火走私是賺零用錢，這好像哪裡不對勁。

或許太爺單純認為販賣「奶粉」很有商機，如果是這樣的話，這名美男子確實很有商業頭腦。

「我得到想要的答案了，感謝你們的沉默，想動手就快吧，我還得回去陪某個人吃晚飯。」奏星純把菸捻熄，心裡盤算他要花多少時間才能掠倒這一票人。

那些中國人心知自己被擺了一道，要是方才雲淡風輕的回應奏星純「遺憾，猜錯了」，這個男人現在不會露出這麼游刃有餘的表情，他已經得到想要的答案，對他來說，問題只剩一個。

雙方的衝突就在這條小巷裡展開。

中國人五位，奏星純一人，那些中國人來到英國不敢造次，儘管有佩戴手槍，可始終沒有拿出來和奏星純一決勝負。很快的這場紛爭的結果分曉，五位中國人全躺平在地上，奏星純則在一旁打理西裝，全身毫髮無傷。

此時，手機發出了來電震動，一接聽就傳來辛紅縷的聲音。

「純君在哪裡？」

奏星純看了手錶一眼，已經晚間七時零五分了，離約定用餐的時間還有二十五分鐘。

「我在健身，等等就回去。」他說著。

「健身……」辛紅縷頓了頓，下面意有所指地接了一句：「明天就要回國了，請不要節外生枝，但機會難得，純君就玩得盡興些吧。」

後面那句帶著滿滿的惡意。

奏星純輕瞄躺在地上痛到連動根手指都想哀號的中國人，突然覺得自己是否下手不知輕重，和辛紅縷說了「我會準時赴約」便掛斷電話，他用手機聯繫英國警方來這邊處理道上兄弟，順便叫了幾台救護車，國外的醫療費高到嚇人，可他相信太爺有的是錢可以擺平。

當奏星純準備離開時，某個中國人費勁地在後頭吃力說著：「奏、奏先生……請等一下……」

「怎麼了？」奏星純帶著微微不耐煩轉身，只見那名中國人從懷裡拿出一張卡片，又是費了一把氣力的將卡片遞給他。

「太爺會在這張卡片上所寫的地方等候您，請、請奏先生……」沒繼續說下去絕對不是因為掛掉了，而是身體疼得很，每說個字都彷彿在水裡火裡來回走動，明明整副骨頭安然健在也沒頭破血流，奏星純卻很有本事揍到他們連話也說不出來。

「實在搞不懂，你們前來英國的目的是為了把這張卡片給我吧？為何又要動真格地置我於死地？太爺應該沒有交代你們這麼做才對。」奏星純看了卡片內容，上頭寫了飯店名稱與地址，以及碰面的時間，就在兩個禮拜後。

「你是個危險人物，我們一看就知道了。」這句話出乎意料說得非常清楚。

「所以即使奉命前來，也不想讓我有機會接近太爺嗎？」奏星純笑了笑，「真是一群忠犬，我會請英國警方好好款待你們的。」

說完，奏星純就離開暗巷回飯店了。

那天晚上和辛紅縷用餐時，那個人忽然若無其事地說了：「純君覺得 BMW 的 X5 Security Plus 如何？」

「很不錯，我試過它的防彈性能。」奏星純也跟著若無其事地回應過去。

「有考慮入手一臺嗎？」

聽到這句話，奏星純便明白辛紅縷的意思。那個人應該在上次槍擊事件就察覺他最近被黑道分子盯上了，雖然沒有特別明說，但應該很擔心他的安危吧。

一路觀察下來，辛紅縷在某些地方來說是個不擅表達情感、很笨拙的人，奏星純忍不住如此想著，不過那個人下一句就硬生生打壞這麼美好的想法。

「要是純君有什麼萬一，我就無法見到這麼賞心悅目的容貌了。」

「你就不會說句我真的很替你煩惱啊這樣的話嗎？」奏星純的隨口之言換來辛紅縷臉上一抹難以言喻的微笑，似乎訴說著「我的一切如你所知」。

他那時瞭解到和辛紅縷這種沒有利害與沒有衝突的關係最理想，互相感興趣、互相追逐對方的身影，並有所節制地保留彼此的底牌。

即使到了現在，他還是對當初的想法深信不疑。

兩人的相遇是冤家路窄狹路相逢。

只是現在要多加一條——天造地設，完美契合。

Episode 2

雪月花・下

那名女性的容貌姣好白皙，保養有方的肌膚散發水潤輕透感。

柔順烏黑的頭髮如絲綢般從她美麗的頸肩滑順下來，微微蕩漾時可以輕嗅髮間的芬芳。

她穿著質地高級的衣裝，手上戴著閃亮的鑽戒，舉止優雅得體，說話溫柔婉約，只是神情間的淡淡憂鬱說明她是個有故事的人。

她在辛紅縷回國後第六天來縷紅新草古董店，說是要購買一些古董回去裝飾新居。

女性的戒指閃爍嶄新的亮光，她應該新婚不久，銀蓮花為她泡了一壺熱紅茶，辛紅縷不是著急的人，他先是噓寒問暖幾句，接著帶女性到古董店的庭院散心。

「這庭院整理得真好，我很喜歡紅玫瑰，您

這兒的玫瑰開得很漂亮。」女性說著，憂愁的臉龐總算露出一點喜悅的表情。

「照顧庭院的人是我的姪子，他因為身體虛弱再加上雙親早逝，便待在敝店休養自學。」

辛紅縷看向遠處修剪花草的展冰雲，又看到少年腳邊圍繞好幾隻野貓，此情此景他只能暗自嘆氣。早說了不要餵食附近的流浪貓犬，怎麼就是說不聽？銀蓮花也很寵著他，三不五時就買貓飼料回來，唉！

「我認識的一位先生也很會整理庭院，有次我生日時他帶我去看開滿紅玫瑰的院子，那是我收過最棒的生日禮物。」

似是回憶到既甜美又痛苦的過去，女性趕緊拿出手帕擦拭流出來的眼淚，「抱歉，一時沒控制好情緒……」

「夫人請勿放在心上。」見女性稍稍恢復理性，辛紅縷輕聲說著：「想斗膽一問，夫人是否還掛念著那位先生？」

「是。」女性點了點頭，「但他在去年發生車禍過世了。」

因為心上人身亡，才嫁給現在家世富裕的丈夫吧？這名女性身上穿的皆是高級品牌的訂製服，少說一件都要十幾萬，她的指甲受到很好的保養，皮膚與頭髮都是，想必丈夫每個月都投資不少錢在太太身上。

但丈夫應該不是貪圖姿色才迎娶她，女性所戴的戒指有相當浪漫的設計，鑽戒還是主宰全球四成鑽石貿易的戴比爾斯公司推出的 FOREVERMARK 永恆印記[1]，戒環上刻著優美的英文拼音，是丈夫與太太的姓名縮寫。

丈夫深愛這名妻子。

但妻子所愛的另有其人，對方還是個亡者。

辛紅縷斯文的臉上露出深沉的笑意。

「夫人很想再見那位先生一面吧？」聽到辛紅縷這番話，女性不解地抬起頭，他溫柔地繼續說著：「敝店剛好有一樣物品可以完成夫人的心願。」

「欸？」女性不敢置信地看向辛紅縷。

「是的，請跟我來。」辛紅縷特地繞到展冰雲那邊，在這名少年的耳旁低聲開口：「請將你早上厚葬在庭院裡的麻雀給我吧。」

展冰雲纖瘦的身體僵持了幾秒，有些不情不願地走到一個偏僻的角落將一只黑色的盒子挖出來交給辛紅縷。

「乖孩子。」臨走前辛紅縷冷淡的目光像是對展冰雲嚴厲地命令著「寄人籬下總是得委曲求全，下次別再對我的話有半點猶豫了」，少年餵養貓犬的事他可以不過問，老是用怯憐憐的表情看著來店裡的客人，這點小事他也能當作沒看到，時不時就傳送電子郵件或簡訊給奏星純他也能睜隻眼閉隻眼，估計寫在上面的都不是什麼大事，頂多就向奏星純報告最近有什麼客人來古董店買東西，辛紅縷知道這不是奏星純指使展冰雲要如此做。

待在縷紅新草古董店的大忌，就是違抗他的命令，除此之外沒有別的了。

辛紅縷帶領女性來到某個房間，房間裡放著許多精細的小物品，像是日記本、手札、印鑑或杯子。

印度人和他交易的滾筒印章和戒指也放在此處，話說那名印度人為了將宋理宗的

注釋——

1 永恆印記鑽石：Forevermark® 永恆印記是戴比爾斯集團旗下的鑽石品牌，以集團超過一百二十年的鑽石專業經驗，完全詮釋「精選的藝術」，象徵天然無加工，高品質原料，由精心挑選的專業鑽石切割師切割並拋光。

頭顱帶回去，隨身攜帶九眼天珠護身。天珠的由來眾說紛紜，一般認為是七世紀佛教傳入西藏後，當地人利用一種蝕刻技法在瑪瑙上呈現各式各樣的花紋。這種蝕刻技法誕生在西元前的印度文明，西藏採用這種技術製作天珠，作為高僧佩戴的護身用品。

而九眼天珠擁有相當強大的磁場，價格昂貴，真品大概要三百萬元以上。

但天珠真正掀起熱潮的原因，是一九九四年中華航空的客機於日本名古屋著陸失敗，造成乘客與機組員兩百六十四人死亡，僅七人生還，其中一人身上佩戴天珠，印證了天珠具有特殊的磁場這事。

那名印度人誠惶誠恐地將宋理宗的頭顱帶走，靠各種人脈關係過了海關，一路平安地回到印度，將頭顱放在自己開的古董店裡鎮壓。

辛紅縷之前聽他說，印度這陣子來了很多海外古董商來開店，像是泰國、柬埔寨、緬甸等地，這些人做生意的手法極其邪門歪道，有些缺德的傢伙甚至養小鬼招攬客人。有個從中國內地來的人更不是東西，他從家鄉運來祖宗的屍骨，不知用了什麼方法，那具屍體居然沒有腐敗，內地人迷信風水之說，把祖宗的屍體埋在印度一處地方，從此那家古董店的生意簡直賺錢賺到手抽筋。

聽到這些事，辛紅縷只是笑了笑，沒有發表任何心得感想。但拿天珠護身這點確實高竿，不愧是講究階層制度的印度人，要護身也會選最高級的。

「就是這個。」辛紅縷的腳步停在一只黃金打造的酒杯前，酒杯散發著奇異的光彩，有著凜然不可侵犯的神聖感。

「聖杯，西元三十三年，耶穌受難的前夕，他使用這只杯子並在裡面注入葡萄酒象徵他的鮮血，這只杯子從那刻開始有了人類意想不到的能力。」

「什麼能力？」

「請看，這是一隻早上死去的麻雀。」

辛紅縷打開黑色的盒子，裡面靜靜躺著一隻毫無氣息的麻雀，他拿起聖杯，剎那原本空無一物的杯子竟立刻注滿鮮紅的液體！

辛紅縷輕輕將杯身傾斜，些許鮮紅液體滴落在死去的麻雀身上，不知是哪來的魔力，紅色液體緩緩消失在麻雀身上，不到片刻，那隻已死的麻雀居然活了起來，並展開翅膀在房間內飛翔。

「這、這怎麼可能？」女性訝異地退後一步，那隻麻雀確實活了起來，很有精神地發出鳴叫聲。

「這個杯子擁有讓死去生物起死回生的能力，不只如此，被復活的人若沒有出什麼意外，可以保持年輕活得非常久。」

辛紅縷輕輕打開門窗讓麻雀飛了出去，他轉身帶著微笑看向女性，「夫人很想念那位先生對吧，這是唯一可以再見他一面的機會，夫人意下如何？」

女性的臉龐蒼白無血色，她愣愣地站在原地過了十幾秒，接著像是做出決定般用力點了點頭，「我想買下它。」

「請容我提醒，聖杯只能使用一次，也就是說，夫人若用它使那位先生復活，聖杯就會消失，再者，聖杯裡的水僅能用在一個人身上，無法分開利用。」

「還有什麼使用上的限制嗎？像是不能用在骨灰上？」

「沒有。」辛紅縷笑了笑，「屍體也好、骨頭也好、骨灰也好，即使只有一點點也可以復活。」

女性露出燦爛的笑容，「太好了，這只杯子您打算怎麼賣？」

「夫人您五十年的青春。」

「什麼？」她一時沒有聽清楚，這名青年方才似乎提到青春這兩個字，這真的能拿來交易嗎？

「您的五十年青春可以換來聖杯，交易過後，您的外表會迅速老化，並維持年老的模樣一直到生命的終點。由於身體老化的緣故，估計夫人交易完後還能再活十年。」

辛紅縷推開房間大門，邀請夫人一同到大廳品茶，他順著樓梯走下來，姿態永遠是這麼高貴優雅，「夫人想與那位先生相聚的心情我能理解，因此頭一個禮拜，您的容貌不會有任何變化。」

大廳的桌上已經放滿銀蓮花準備的茶點，紅茶甘醇的香味四溢，七彩的馬卡龍放在點心盤上，有著歐洲貴族愜意午茶的氛圍。

「您可以好好考慮，要是做好選擇，隨時都可以來敝——」

沒讓辛紅縷說完，女性便堅決地說著：「我想交易，就是現在。」

「您已經全盤理解交易的內容了嗎？」辛紅縷再問了一次。

「是的。」她說著：「只要能再見他一面，我可以付出一切。」

「……這樣的心情真叫人動容。」辛紅縷不知為何臉上的笑意驟減了幾分，他將契約書放在女性面前，「請詳細閱讀上面的內容，如果同意契約書的規範，簽下您的名字，交易就成立了」。

女性看完契約書後，毫不遲疑在上面簽了名字，銀蓮花將一只漂亮的盒子交給她，連聲謝過辛紅縷後她便離開縷紅新草古董店。

辛紅縷坐在沙發上沉默了許久，最後到庭院散心時，看到展冰雲一臉憂鬱地餵食野貓，他緩緩走了過去，野貓沒有任何動靜，似乎一點也沒發覺有人靠近。

「為何是鬱鬱寡歡的模樣？」辛紅縷問著。

「我看到麻雀了，您為什麼要這麼做？」展冰雲頭也不抬地回話。

「早上你不是為了這隻麻雀身亡難過了一陣子嗎？看到牠又回復原樣你應該釋懷了吧。」

「您這樣不就是操弄生命嗎？」

「操弄生命這等事，有權力的人都能這麼做。」

「我的意思是，讓死去的生命又獲得新生，這不合自然法則。雖然麻雀死了我很難過沒有錯，但如果死去的東西都能復活，活著到底有什麼意義？」少年終於抬起了頭，清澄的雙眼直直看著辛紅縷。

「太宰治曾說過死亡是最美的藝術，我深感認同，一個事物如果沒有終點等於沒有存在的價值，不過，照你的思維看來，人體冷凍技術豈不是也算操弄生命？」

展冰雲思考了很久，最後小聲說著：「對不起，但人體冷凍技術是什麼？」

「原諒你，這個名詞不是人人都能理解。把人體或生物置於攝氏零下一百九十六度或更冷的情況下冷藏保存，期望在未來透過先進的醫療科技使他們解凍後復活及治療，這是還在實驗階段的醫學技術。」

辛紅縷解釋完名詞，便回到原先的話題，冷酷道：「放心吧，那隻麻雀不可能活到天荒地老，天敵不會放任牠如此優游自在地過活，所謂的生命就是繁衍和傳承，恆久永遠的事物沒有這樣的能力，因此自然界不允許絕對永恆的生命存在，這樣的答案你滿意嗎？」

「但是，您不也好端端地活到現在了嗎？」

辛紅縷俊秀的臉上浮現無法解讀的微笑，「很可惜，你並沒有知道我的權利，好好待在這裡生活吧。」

留下這句話，辛紅縷轉身回到古董店裡，展冰雲望著青年的背影，隨後重重嘆了一口氣。

❖ ❖ ❖

奏星純過了一個禮拜才來縷紅新草古董店。

一看到辛紅縷他便煩悶地「嘖」了一聲，讓旁邊倒茶的銀蓮花很是緊張。

「請問我有那裡惹純君不快嗎？」辛紅縷不解問著。

「我無權插手你的買賣，但不要隨便拿聖物出去交易。」用眼神謝過妹子準備的熱茶，奏星純喝了幾口總算心裡舒坦一些，「拜你所賜，這幾天我特別忙，而且忙到和人說好的邀約都推掉了。」

他口中說的邀約是指與圓環社太爺的晤面，雖然奏星純很想拜會這位大人物，可聖杯帶來的影響讓他無暇分身。

「究竟發生了什麼事？」

「三天前鬧區的酒店發生一個駭人聽聞的事件，某位花花公子在包廂裡和小姐們玩得起勁時，八成是性猝死就這麼斷氣了，才死沒一秒，屍體竟然化成骨灰，嚇壞了店裡的小姐。警方查不出原因，只好委託我調查，就這麼追蹤到你這邊來了。原來是你將聖杯賣給一位夫人，她用來使曾經交往但不幸死去的前男友復活，並且丟下新婚不久的丈夫，帶著金錢和前男友一同到其他城市生活。」

「接著呢？」辛紅縷喝著紅茶淡淡開口。

他對客人要怎麼使用物品一概不過問，連同客人會有什麼下場也……不在他的關心範圍內。可既然牽扯到奏星純，他姑且聽聽這位夫人最終的下場。

「在警方將命案或著該說懸案交給我之前，那位財力雄厚的丈夫便已委託我尋找夫人的下落，我侵入所有監視系統找到他們的落腳處，去的時候，只看到夫人獨自待在臥房裡痛哭。聽說她才二十四歲而已，可看到她時，已經白髮蒼蒼有如七旬老婦。」奏星純修長的指尖敲了敲沙發椅的扶手，「那時我就在想，夫人該不會跟你進行過交易吧？果不其然，夫人告訴我你將聖杯賣給她。」

「是的，她用五十年的青春交換。」

「還真不划算啊，她的情人雖然一開始很感激夫人為他如此犧牲，但見到她又老又醜的模樣，年輕且擁有活力的情人就帶走金錢並拋棄她了，就跟她離開丈夫一樣這麼乾脆。以為可以永保年輕的情人他的人際關係複雜到連我都看不到他的車尾燈，縱慾過度的他死在女人的身上，然後一下子就腐爛到只剩下骨頭，這麼說來的話，被聖杯復活的人只要一死，就會恢復原樣嗎？」

「不是。」辛紅縷放下茶杯輕聲說著：「想必夫人對情人有許多怨懟，感受到夫人絕望的心情，這是聖杯給予情人的小小懲罰。」

「酒店裡有裝監視器，真想把那個年輕人掛掉到腐爛變白骨並且化成灰的畫面播放一次給你看，就知道場面有多噁心，你家的東西可不可以不要順便報應在其他人身上啊？沒事躺著也中槍的酒店小姐很無辜的說。」

「那位夫人後來怎樣了？」辛紅縷露出一點興致地問著。

「我通知委託人他的夫人下落後，他便趕緊來到那個地方，雖然看到夫人蒼老衰敗的模樣，仍不計前嫌將她帶回家照顧。」

辛紅縷原本要倒紅茶在杯子裡，手的動作停頓了幾秒，臉上的表情很是複雜，其中參雜一點不解、疑惑，最重要的是還有一點讚賞。

「真令人訝異，沒想到這位先生居然對夫人如此……我該用什麼詞好呢……」

「用情至深。」奏星純明確地給出解答。

「是的，是這四個字沒有錯，儘管夫人將情感全心全意奉獻給情人，可先生對她仍至死不渝，是因為這是義務[2]嗎？」

「凡事都套上義務和責任的話就太膚淺了。」

奏星純毫不意外地看到辛紅縷困惑的表情，他很早就察覺到這個人缺乏正常的情感，有一半歸於這人說話疏少透露內心的感受，多半只是機械式的描述而已，就算很難得地提出自身的觀點，也跟情感無關。

這讓奏星純想起年幼時街上有個和他年齡相仿的孩子，那傢伙特別奇怪，喜歡深夜的時候去公園盪鞦韆，他盪得非常非常高，而且樂在其中，半夜時分路過公園的人都會被那個孩子詭異的笑聲嚇得毛骨悚然。那傢伙十七歲時就幹下了豐功偉業，他殺

注釋——

2—這句話出自太宰治說過的「所謂的愛，不過就是盡義務」。

了包含父母以內的八個人、六隻流浪犬，因為是未成年犯法，加上精神醫生鑑定他有心理疾病，便判他在少年監獄裡服刑。

奏星純成年後探望過他一次。

兩人聊了一些話，許久不見，那傢伙變得很客氣，他坐姿端正且相貌堂堂，要不是會面的地方在監獄，任誰都覺得這人肯定是菁英分子。

是菁英沒錯，他在殺人這層面特別能幹，性格狡詐詭計多端冷酷無情，短短十分鐘的談話，奏星純就明白一件事。

這人壓根兒沒變。

照舊是那名喜歡在深夜溜鞦韆，手刃雙親、同學和導師的變態。

奏星純那時就對看管他的警方說，無論發生什麼鬼事都不要放這傢伙出來，時隔五年多了，不曉得那個渾蛋現在過得如何？

有些心理學家認為天空是集合性潛意識的領域，地面是身體的領域，在兩者間劇烈搖晃會產生極大的精神疲倦，因此多半會感到不安，許多人在四層樓的高度由上往下看會引發一些恐懼，這是正常現象，但那傢伙卻毫不在意地把鞦韆溜得非常高，甚至是挑在深夜的時候，證明這人沒有情感。

但辛紅縷和那傢伙不一樣，若是真的毫無情感的人，不會在收到戒指時露出喜悅的笑容。

「能使這位先生不離不棄一心呵護早已衰老的夫人，是對她的情感與愛，沒有別的了。」奏星純說著。

「你提了我無法理解的事情。」

「說的也是。」奏星純很體諒地幫他倒了紅茶，「要是能夠理解的話，你就不會幹黑心買賣了。」

辛紅縷似乎不想和奏星純反駁黑心買賣這一詞，兩人在大廳裡聊了一陣子，奏星純甚至下廚煮了一頓看起來不怎樣的晚餐給古董店全員吃。只有奏星純在的時候，展冰雲才會跟辛紅縷一同用餐。

就連娃娃臉畫家都曾跟奏星純提過展冰雲對辛紅縷非常防備。也是，誰會對監禁自己的人有好感，可是今天展冰雲在餐桌上難得和辛紅縷搭話了幾句，例如「奏先生的廚藝還不錯」、「嗯，只要能吃我都覺得好吃」……讓奏星純差點將展冰雲拖去廁所好好問話。

開車回住所時，已經晚上九點多了。

附帶一提，奏星純回國後立刻購入BMW的X5 Security Plus。

他深深覺得行走在這片地表上，沒有一台防彈車出不了門，尤其他還跟非法組織槓上，就更需要一點高性能的玩意兒保身。

走進大樓之際，管理員告訴他有人送了一封信來，他接到信的剎那，立刻就明白寫信的人是誰。信封是瑰麗的紫色，上頭有黑色華麗的花紋，古典且不花俏，顯露對方的品味。

他回到家後將信拆開來看，裡面是一張信紙與卡片，卡片上寫著會面地點與時間，信是用毛筆書寫，只有短短一句話——等候閣下大駕。

看來那位長相出眾的太爺對他一直念念不忘。

奏星純把信合上後，對著窗外漆黑的天空露出期待的笑意。

初塵說的沒錯，目前的局面根本是他人生巔峰中的巔峰。

前有辛紅縷不時製造樂子，後有廣東非法組織出其不意地帶來驚喜，他確實快樂得不得了。

是的沒有錯，他也等候許久。

——Shall we begin？

SPECIAL

卷末附錄

作者親筆注釋，完整內容解析

作者親自說明在本書中出現的各種古董與史籍典故，還有不為人知的創作祕辛，帶領讀者揭開「縷紅新草古董店」的神祕面紗，一窺書中的創作原形，精彩內容，不容錯過！

太宰治

西元一九〇九年出生的日本無賴派作家，代表作是《人間失格》，從二十一歲開始便嘗試自殺，直到三十九歲終於成功。人間失格的意思是「喪失做人的資格」，可以看到太宰治厭世頹廢的一面，例如「為什麼人非得活著」、「回首前塵，淨是可恥的過往」等等句子都相當知名，除此之外，《二十世紀旗手》這本小說也有不少經典名句，像是「生而為人，我很抱歉」。

雖然毫無生氣、恍惚不安的作品很多，但太宰治也有寫過清新氣息的小說，譬如《津輕》。津輕是他出生的地方，太宰治的父親因多額納稅成為貴族院[1]議員，他自小就過著衣食不缺的生活，但家中手足過多，太宰治無法從雙親那裡獲得全部的關愛，再加上父親對他種種行為感到失望，即使太宰治自殺獲救，父親也沒有去探望他。太宰治在《人間失格》最後寫上一段話，「都是他的父親不好，他既誠實又乖巧，要

注釋

1 貴族院，以前日本帝國議會的兩大議院之一，議員大多是皇族、華族（所謂的貴族）、有錢人擔任，任期終生。

是不喝酒的話，不，即使是喝酒，也是宛如神一般的孩子」來表達他對父親複雜的情感。

《懶惰的歌留多》是短篇作品，「人間處處是地獄」、「畜生的悲哀」其實是分開的句子，兩者之間並沒有關聯性，雖然這本書的開頭以詩詞的方式將這些獨立的句子連貫在一起，但原作中卻是彼此風馬牛不相及。

二〇〇九年日本東京三鷹市本町通的伊勢元酒店設立太宰治文學沙龍，裡面有展示太宰治的相關史料和原稿的複製品，至於手稿流落何處，大概只有太宰治的遺族或當時的出版社才知道。

泉鏡花

日本明治後期、昭和初期的作家，西元一九三九年逝世，文字擁有獨特的美學氛圍，尤其是描寫女性情感相當細膩。《縷紅新草》是泉鏡花生前最後的作品，唯美地敘述當時女性的思維與自尊心，日本石川縣金澤市有泉鏡花的紀念館，裡面展示一些小說初版的精裝本、原稿以及詩句。很遺憾的，目前台灣沒有出版《縷紅新草》的中譯書籍。

巫蠱之亂

又稱「巫蠱之禍」或「巫蠱之獄」，是漢武帝時期發生的政治動亂，長話短說便是太子劉據被奸人誣陷要以巫蠱（巫術或埋在地下有貼上符紙的木偶人、稻草人）詛咒漢武帝，那時漢武帝年歲已高，性情反覆無常且迷信多疑，沒有多加調查便以為太子真的要謀反，一氣之下派兵鎮壓且下令誅殺太子者重重有賞。

太子走投無路自殺身亡，與他有關的人不是被殺就是自殺，估計這場動亂從開始到結束約有四十幾萬人罹難。太子和相關皇室成員都死亡後，漢武帝這才意識到巫蠱之亂可能是場冤案，但基於誠信他也只能獎賞那些殺害太子的人。後來巫蠱之亂的破綻被一一揭開，內心悔恨不已的漢武帝處刑當初兵刃太子的人，並建造思子宮悼念太子劉據。

此事件造成大量軍事人才流失，使西漢政權逐漸衰敗，原先太子劉據的長孫劉詢也有可能會被處死，但最終逃過一劫並在日後即位成為漢宣帝。

✦ ✦ ✦

萩原朔太郎

西元一八八六年出生的日本詩人，寫作風格優雅中帶著濃厚的陰鬱憂愁，與北原白秋、室生犀星（日本詩人）、芥川龍之介交好，白秋甚至幫他寫《吠月》這本詩集的序，並在序裡面提到「清純的恐怖，任誰讀過你的詩都能認得的特色」。

朔太郎說過「詩只是染病靈魂的擁有者和孤獨者之間的寂寞慰藉」，他的父親是頗負盛名的醫生，因此萩原朔太郎一直過著優渥且不食人間煙火的生活，直到父親對他宣告「你什麼也不用做，我會養你一輩子」，朔太郎意識到自己就像被豢養在華麗鳥籠中的金絲雀，不事生產毫無工作能力，對此感到徬徨與恐懼的他發表了《吠月》，作為逃避現實的慰藉。

在劇情裡提到的〈妖豔墓場〉僅節錄部分詩句，原作發表在《青貓》這本詩集裡，同樣也是節錄部份內容的〈寂寞人格〉則是出自《吠月》。日本前橋文學館有展示萩原朔太郎的原稿、寫真和收藏品。

瘋狂月光

在這之前先來談談貝多芬、徹爾尼、李斯特這三人的關係吧。

徹爾尼是貝多芬的得意門生，他從小就展露音樂天分，在十五歲就開始指導他人彈奏鋼琴，貝多芬被徹爾尼精湛的演奏技巧打動，曾不收任何聘金指導徹爾尼鋼琴。李斯特九歲時因緣際會認識徹爾尼，後者同樣被他天生出色的才氣震懾，免費教導李斯特各種鋼琴技巧。在徹爾尼精心栽培下，李斯特成為家喻戶曉的鋼琴大師，就以音樂教育家這個層面來看，徹爾尼非常傑出。

李斯特曾說過「我的一切都是徹爾尼教我的」，他將自己寫的練習曲送給恩師。雖然〈瘋狂月光〉是劇情裡虛構的樂譜，但徹爾尼說不定聽過李斯特彈奏的〈月光奏鳴曲〉，在十九世紀鋼琴演奏史裡，徹爾尼作為貝多芬的學生、李斯特的老師有相當重大的傳承意義，這名優秀的教育家將一生都奉獻給音樂，沒有走入家庭。

✣✣✣

資治通鑑

北宋司馬光主編的史書，總共有兩百九十四卷，目前原稿僅存八卷，存放在中國北京圖書館。與西漢太史公司馬遷編寫的《史記》並列為史學兩司馬。《資治通鑑》注重軍事政治的描寫，即使現在不流行帝王制度，仍有許多人鑽研《資治通鑑》作為商戰策略。《史記》在藝術上對後世的影響顯著，不少戲曲與小說都是參考《史記》去作改編。

約櫃

古代以色列民族的聖物，至少聖經上是這麼寫著。

相傳猶太教的先知摩西從上帝那邊得到兩塊石板，石板上記載上帝與人類約定的十條契約，俗稱十誡。放置十誡的櫃子便是約櫃。

原本約櫃被放置在至聖所（大概是現今巴勒斯坦的圓頂清真寺附近），希伯來王國第三代君王所羅門在耶路撒冷建造聖殿（古代以色列人最高的祭祀場所），才將約櫃放了進去。

西元前五八六年，巴比倫攻陷耶路撒冷並毀去聖殿，約櫃從此下落不明。

新約聖經裡的《啟示錄》為了懲戒破壞聖殿的巴比倫，將這個國家描寫成惡魔的住所與污穢可憎的鳥巢，當然還少不了邪惡之地這一詞。

例如太宰治在東京《日日新聞》裡也曾寫過「我可以理解所羅門王無盡的憂愁與賤民的骯髒」。

✧ ✧ ✧

聖物

基督教三大聖物一般是指聖杯、約櫃、聖槍（或被稱為命運之矛）。聖杯是基督受難之前所拿的葡萄酒杯，約櫃請看前面註解，聖槍是耶穌在十字架上行刑後，羅馬士兵為了確定祂是否斷氣，用一個長矛戳刺祂腹部的位置，此長矛被稱為聖槍或是朗基努斯之槍。會叫作朗基努斯之槍似乎是因為當初拿著長矛刺穿耶穌的士兵名為朗基努斯。

除此之外，偶爾三大聖物會加上聖裹屍布（有時稱為都靈裹屍布）或真十字架。聖裹屍布是當時耶穌被人從十字架上解放下來所裹的麻布，據說布上面印著男人的臉孔與全身正反面的痕跡，目前保存在義大利都靈主教座堂，但對於裹屍布的真偽，即使是梵蒂岡也採取慎重且留有轉圜餘地的立場。

真十字架是指釘死耶穌基督的十字架。

✧ ✧ ✧

千里江山圖

宋朝畫家王希孟所繪，〈千里江山圖〉是他十八歲時的作品，也是唯一流傳下來的畫作，現保存在北京故宮博物院。王希孟擅作青綠山水，北宋政和年間進入宮廷畫院——翰林書畫院，得宋徽宗指導畫技，在二十多歲去世，關於他的史料不多。

宋徽宗頗富藝術涵養，他在位期間將「畫家」的地位提升到中國歷史上最高的位置，並成立翰林書畫院，將畫作列為科舉升官的方式之一。由於古今中外擁有藝術造詣的統治者幾乎都沒有玩弄政權的手段，因此即便宋徽宗擁有相當高的藝術天分，但最後也因為不擅朝廷政務，最終導致宋朝亡國並被俘虜遭受折磨而死。

傳國玉璽

秦始皇執政十九年時得到和氏璧，他命令工匠打造成玉璽的模樣，外型方圓四吋，上頭交織五龍，丞相李斯在正面寫著「受命於天，既壽永昌」，代表皇權神授正統合法，從此成為歷代皇帝的信物。

就這樣一路風雨飄搖改朝換代不斷易主，傳國玉璽傳承到五代十國時案情開始撲朔迷離，後唐末代皇帝李從珂自焚身亡時，連同傳國玉璽．併毀去，但又有一說是傳國玉璽妥妥地被保留下來並傳承到元朝，但元朝的史書《遼史》並沒有這樣的記載，估計是各種穿鑿附會。

傳國玉璽下落不明後，一些沒拿過玉璽的皇帝為了證明掌權者的正統性，便打造類似的玉璽，像是明朝二十四御寶、清朝乾隆時代打造的制誥之寶等等。

✧✧✧

漢宣帝

原名劉病已，太子劉據的長孫，當年巫蠱之亂橫行時，藉由在郡邸獄審理案件的丙吉幫助下逃過一劫，展開了樸實的民間生活。還是平民的劉病已與小地方治理官之女許平君成婚。

十八歲那年，朝廷擔任光祿大夫（類似國策顧問的官位）的丙吉向權傾天下的霍光推薦劉病已，霍光從民間迎接他登基，改名為劉詢。

登基之後劉詢表面上順從霍光的決策，但實際上相當忌憚這位權臣，可礙於當下朝廷政治需要霍光周全，劉詢始終很禮遇他。直到霍光的妻子為了讓女兒當上皇后，串通太醫毒殺那時已有身孕的許皇后，失去許平君的劉詢非常悲痛，於是暗自進行他的復仇。他讓霍光如願以償地將愛女推上皇后之位，並讓霍光成為宰相獨攬大權，好不容易等到霍光病逝後，劉詢以帝王規格厚葬他，接著架空霍家兵權、促使霍家密謀造反，接著再以謀反罪名將霍家滿門抄斬，霍光的女兒也就是霍皇后自殺身亡，她與劉詢之間沒有子嗣，曾經權傾一時的霍家全員族滅，距離霍光去世不過才兩年。

歷史對漢宣帝的評價很高，《史書》上寫著「孝宣之治，信賞必罰，文治武功，可謂中興」。孝宣是他的謚號。

史洛里埃達

冰島語 Snorra Edda，或稱《散文埃達》或《新埃達》，是冰島詩人史洛里斯圖拉松在十三世紀所寫的神話故事，手抄本目前保存在冰島國家圖書館。

雖然有描寫神話故事，但這本書最主要是敘述語言運用，以無韻體散文書寫北歐神話故事和英雄傳奇，成書時間大約為西元一二二〇年左右。相對於神話故事的描寫，此書比較著重記載詩歌的傳承和寫作技巧。

全書共分三篇，三篇的頭尾順序眾說紛紜，有些人認為第一篇是〈欺騙古魯菲〉，有些則認為首篇是〈前言〉（Prologus），描述創世紀與大洪水，另外還描述北歐諸神的宮殿。而〈欺騙古魯菲〉則描寫虛構人物古魯菲對北歐神話很感興趣，向三位神祕人物詢問這方面的問題。

由於作者史洛里是虔誠的基督徒，他認為以奧丁為首的北歐諸神並不是「神」，因此在〈欺騙古魯菲〉這篇作品裡可以看到他將北歐諸神全部「人格化」。

✧ ✧ ✧

安德華拉諾特

出現在冰島詩集如《史洛里埃達》等作品裡的戒指。

是北歐神話裡一名侏儒安德瓦利的所有物，但被洛基強行奪走後，安德瓦利詛咒得到這枚戒指的人會招來恐怖的災厄。這枚戒指最後輾轉流落到英雄齊格飛的手中，齊格飛將它送給戀人女武神布倫希爾德，最後兩人因為這枚戒指的緣故先後喪命。

它被廣泛認為是托爾金的《魔戒》中至尊魔戒的原型。

✧ ✧ ✧

伊莉莎白彼得羅芙娜女皇

羅曼諾夫王朝第十任沙皇彼得大帝的女兒，擁有出色的容貌與驚人的美豔，原本對政治王權不感興趣的她，於西元一七四一年因宮廷政變推翻伊凡六世而即位。伊莉莎白登基後熱衷各種舞會與晚宴，將國事推給大臣與俄羅斯貴族處理，巧妙地利用各派系之間的關係維持政局，並在軍事和對外政策上積極練兵，締造許多優異成績，因而廣受俄國人民的愛戴。

她是個奢侈且時尚的女皇，總是穿最新款式的禮服參與社交活動，雖然沒有正式結婚，但根據一些可靠的消息指出，她祕密與寵臣拉蘇莫夫斯基成婚，並在教堂寫了相關文件。

拉蘇莫夫斯基出身低微，在偶然之下與伊莉莎白女皇相遇，女皇從不掩飾她與拉蘇莫夫斯基的關係，更把他升為俄羅斯元帥，是女皇用人不公的最顯著例子。而拉蘇莫夫斯基雖然身居高位卻相當明哲保身，為人低調謙恭絕不插手政務，女皇死後，他便搬出皇宮回到自己的封地。算是歷史上難得在君王身亡後還能全身而退的寵臣。

尼古拉二世

俄羅斯末代沙皇，全名是尼古拉・亞歷山德羅維奇・羅曼諾夫，但與彼得大帝已經沒有太多的血緣關係，是個平庸甚至毫無當王資質的人，認為沙皇只需對上帝負責而不需要人民的認可，認為凡是有才能、有智慧的下屬都有可能會搶奪他的地位，將曾經輔佐他的大臣一一遣散後，留在尼古拉二世身旁的淨是三教九流之輩。

迂迴腐敗的思想加上不知變通、無法放下身段的政策，致使尼古拉二世一家走上全員被槍殺的局面，唯一存活下來的正統王室成員是尼古拉二世的母親瑪麗亞・費奧多蘿芙娜，她在十月革命期間回到祖國丹麥。

圖坦卡門

因為墳墓太過豪華，讓圖坦卡門舉世聞名。九歲就登基，十九歲突然身亡，基本上沒有什麼功績，他的墓室很小，多年來不曾被人挖掘，直到西元一九二二年英國探險家發現圖坦卡門的墓穴，才讓這名英年早逝的法老名聞遐邇。

事實上埃及古文物全被埃及當局限制出境，拍賣會上幾乎看不到相關古董。西元一八九〇年考古學家在尼羅河岸附近發現大批的貓木乃伊，古埃及女神芭絲特是貓頭人身的造型，因此埃及人對貓很崇敬，貓死後做成木乃伊相當常見，那次考古學家所發現的貓木乃伊數量相當驚人，多達三十幾萬，在埃及政府的控管下，這些貓木乃伊被拿去當農地的肥料……

寧願拿去當肥料也不想見到自家的古文物在其他國家的拍賣場上出現。

由於埃及古物數量稀少所以價格高漲，據說當時被拿來做成肥料的貓木乃伊曾經在英國拍賣會上飆到四百多萬元。

說到這個，在故事裡提到圖特摩斯三世的戒指，理論上這位偉大法老的陵墓很早就被盜墓賊洗劫一空，陪葬品與身上的飾物大概淪落到什麼不知名的地方去了吧，所以像圖坦卡門這麼小而精緻的墓室反而妥當地保存下來，偏僻也有偏僻的好處，雖然最終仍是被挖掘了，但至少不是盜墓賊而是考古學家。

❖
❖
❖

北原白秋

白秋出生在一個釀酒家庭，自幼家境富裕，直到家中發生大火才逐漸沒落，因此他的詩不像萩原朔太郎那般充滿富家子弟的憂鬱，也不像太宰治那樣有著瘋癲的狂氣，他的風格輕快寫實，對童謠這方面一直有責任感，認為「我把童謠的價值看作藝術的價值。童謠創作的第一要點，應該是依據自己的童心自然創作真純的歌」，他寫下千首童謠。

西元一九八五年在日本福岡縣柳川市開始營運北原白秋紀念館，裡面展示他的生涯作品。

遼太宗耶律德光

史上第一也是最後的皇帝肉乾。

政治上特別有手腕，身為契丹人的耶律德光認為治理中原最重要的就是推心置腹、和諧軍情、撫慰百姓，由於漢人跟契丹人的習性不同，他決定因俗而治，實施南北兩面官制度，分別治理漢人和契丹。

一切看似順利，但最大的敗筆是他沒有阻止契丹人打草穀（游牧民族到敵方的領地搶奪食物和物資），漢人開始反抗耶律德光，使得遼太宗不得不退回北方。返回途中病逝，為了要運回北方安葬，契丹人不得已之下只好醃製他的屍身，史稱帝羓。

地獄變

芥川龍之介的作品，描述某位王爺要求良秀畫出地獄的樣貌，畫師良秀要求王爺準備一輛牛車，牛車上綑綁著面容姣好身形婀娜多姿的宮女，並放火燃燒牛車與這名女性，這是良秀想畫出的景色。王爺允諾他的要求，但牛車上綑綁的是良秀鍾愛的獨生女，為了追求無人可及的技藝，畫師觀賞完愛女被火焚燒的場面後，畫出了栩栩如生的地獄繪給王爺。次日，於家中懸梁自盡。

❖❖❖

櫻樹下

梶井基次郎的作品，他自幼就罹患肺結核，三十一歲就因為病情惡化死去，作品裡經常可以窺見身染疾病的作家內心的病態與頹廢的理想。

〈櫻樹下〉這篇作品在當時並不出名，近期逐漸受到注目，大概是許多日本小說漫畫很喜歡用櫻花樹下埋葬屍體這個典故……

故事裡面所提到的只是〈櫻樹下〉的部分內容。

宋理宗

論窩囊沒用、荒淫無道、資質平庸、權移奸臣等等，這位皇帝都具備了，宋朝被稱為中國歷史上金玉其外敗絮其中的朝代果然不是假的，比較有作為的只有宋孝宗，說是有作為，其實也只是在一籃爛蘋果裡挑一個比較不爛的。

宋理宗任由寵妃的宗族作亂朝廷也置之不理，更甚者還召妓入宮夜夜笙歌，元朝僧人楊璉真珈是個盜墓高手，把南宋六陵的陵墓光顧一遍後，發現宋理宗的屍身完整無缺，不知出於何種心態，把宋理宗的頭取下作成嘎巴拉碗，獻給國師八思巴。直到明朝朱元璋執政時聽聞此事心生不忍，派人找出宋理宗的頭還了回去。

說來中國歷史上的盜墓事件不算少，曹操曾經因軍費有困難，設了「摸金校尉」這個職位，盜掘梁孝王劉武的墓，除此之外，唐太宗、康熙帝、慈禧太后等人的陵寢都有被人盜墓過。

SPECIAL
作者訪談

獨家訪問，精彩可期

作者首次接受編輯部專訪，暢談本書的創作歷程、工作情形、故事設定……等十八個問題，還有第二集內容的精彩預告，讓你先睹為快！

【作者訪談】

貼近作者創作原點，不為人知的裡設定大公開！

Q1：能不能先談談書名的由來？怎麼會想到引用泉鏡花的同名作品當作古董店的名字，是有想要致敬的意思嗎？是先有書名才想到這個故事，還是先有故事才想到書名呢？

一開始只是想寫某間古董店專賣一些稀奇古怪的玩意兒，設定到後來覺得如果不給古董店一個定位很難繼續發展下去，正巧那時正在看日本作者的介紹，無意間接觸到泉鏡花的《縷紅新草》，在看過他所寫的故事後，決定用「縷紅新草」這四個字作為古董店的名稱和中心思想。

後來才發現這個決定真是要不得（苦笑），因為泉鏡花的《縷紅新草》在台灣沒有中譯本，使得開始寫作時，第一個難關就是把《縷紅新草》的詩句翻譯出來，泉鏡花的用詞優美詩意，經常使用比較古老的詞彙，在翻譯時幸虧得到一些朋友的幫忙（淚），想想這確實是一段血淚史。

Q2：這次作品的體材很特別，當初怎麼會想要寫一個關於古董店的故事呢？在故事中有想要傳達什麼想法嗎？

我對古董有點興趣，應該說對這個行業感到好奇，好幾年前看過《名偵探柯南劇場版世紀末的魔術師》，裡面以羅曼諾夫王朝的復活節彩蛋作為主題展開劇情，我之後收集復活節彩蛋的資料，這才發現西元二〇〇二年的時候，有一顆法貝熱彩蛋以九百六十萬美金這樣的高價賣出，交易進行地點是藝術品拍賣行蘇富比，從此對藝術品的買賣有了想法，並決定有朝一日要以各式各樣的藝術品作為出發點，描寫一連串帶著奇幻和復古風味的小說。話是這麼說，但好像一點復古的感覺也沒有……

在故事裡想要傳達什麼想法嗎？嗯……實在很難說明，但我想大家看過故事後應該能瞭解吧，應該吧（汗）。

Q3：書中大量引用了日本文學的作品，是有什麼用意嗎？

其實我很喜歡白居易、李白以及蘇軾的詩詞，但大概從小就被這三位詩人的作品荼毒（我想任何一位接受國民教育的騷年妹子都有這樣的經驗），因此開始寫稿混口飯吃時，就打定主意要離這些詩人越遠越好，然後往我比較偏愛的日本文學邁進。不論是萩原朔太郎還是太宰治的作品，都有狂亂瘋癲的一面，像太宰治曾經發表「人應該從小的時候開始就有悲慘的回憶才是好的」這一番話，無論怎麼看都讓人感到不安。

這種壓抑憂鬱的風格著實影響我深遠，因此在描寫故事時便用一些影響我至深的作品當作主軸，貫串好幾篇劇情。我想自己會這麼偏愛日本文學，恐怕是那種病態但又故作優雅的調性非常有特色吧。

Q4：書中出現了許多古董，甚至是東西方傳說中的寶物，是本身就對這方面的話題很感興趣，還是為了創作去查資料的？

我對三大聖物一直保持高度關注（笑），尤其很多電玩遊戲很喜歡以「聖杯」、「圓桌騎士」作為故事設定，像是那個，嗯，SOUL SACRIFICE（闇魂獻祭），所以就高高興興用聖杯當作一篇故事的主題，另外像傳國玉璽、皇帝肉乾等等都是之前就感興趣的題材。裡面確實也有為了創作而去調查資料，像是羅曼諾夫王室的婚戒，那個時代的設計與工藝調查起來著實費了一番工夫，而且還把編輯拖下水一起收集資料真的很過意不去，所幸最終還是完稿了，可喜可賀。

Q5：能否談談這次創作中妳覺得最開心與最痛苦的地方？

最開心的地方莫過於描寫各種古董與藝術品，還有角色之間的試探，儘管辛紅縷每句台詞都讓我想很久，但只要他遇見奏星純都能讓我熱血沸騰，畢竟一個是戰鬥狂（無誤），一個是奸商。

最痛苦的地方大概是資料不完整以及卡翻譯的時候還得面臨被催稿……在寫作途中有好幾次因為資料收集不完全，只能忍痛把安排好的支線或主線劇情給砍斷，最花費時間的地方就是翻譯日本文學作品，尤其是泉鏡花的《縷紅新草》開頭詩句，萩原朔太郎那部分也相當折磨人，因此進度緩慢到有如龜爬，然後截稿日逐漸逼近（苦笑）。

不得不承認身為一個作者，我最差勁的一點就是沒有按時交稿過，即使截稿日近在眼前也還是會把資料調查完，但搜集這麼多資料也許我會用到的部分只有十分之一，或者只是想確認我的敘述是否正確而已。十八世紀歐洲各國的鑽石採玫瑰式車工，且大多呈扁平狀，這是因為南非出產鑽石以前，主要產地只有印度和巴西，而優質的鑽石都掌握在印度大君手中，將扁平的鑽石外銷到世界各地去。這麼一段話我要的只有「十八世紀鑽石採玫瑰式車工」罷了，但可能因此額外去看看南非什麼時候開始出產鑽石？以及玫瑰式車工到底是什麼東西？接下來或許會花上兩個小時以上去閱讀跟小說一點關係也沒有的資料（汗）。

我永遠忘不了編輯被逼到快崩潰時寄來的電子郵件字字句句有多血淚，這次真的辛苦了，也請不要跟我斷絕合作關係，我們還要攜手合作好幾百本（如果可以的話），拜託了。

Q6：創作過程中有沒有發生什麼讓妳印象深刻的事情？

（一秒）打開電子郵件時看到編輯寄來的血淚催稿信件，這應該算是印象最深刻的事。

其次就是日本文學翻譯非常折騰人，由於我不是專業的譯者，因此敘述出來的語句完全沒有原作者的味道，也請大家多多海涵。

Q7：來談談這次的主角吧！本書中的兩位主角是怎麼塑造出來的？有沒有什麼裡設定可以跟讀者分享？

主角方面沒有什麼裡設定，不過除了辛紅縷以外，其他人物的名稱大多和自然景色或事物有關，例如「星」純、「蓮花」、「夕暮」、初「塵」、展「冰雲」等等。

Q8：其實這次的配角設定也很吸引人，只可惜到第一集結束前還沒看到配角們的活躍表現，不知能否利用這個機會來談談書中的配角們，有什麼好玩的設定可以分享嗎？

我對初塵的戀愛故事很感興趣（笑），很想好好描寫他和奏星純的表弟認識的經過。另外還有展冰雲的未來究竟何去何從、銀蓮花與彷夕暮的日常相處等等，但比起這些，最為期待的果然還是奏星純和辛紅縷了，這對到底會怎麼發展？連我都想看到最終結果。

除此之外，還有奏星純的鄰居，雖然他可能是位重口味的角色，不過絕對是和平生活中的刺激因子。

Q9：本書中妳最喜歡哪個角色？為什麼？

喜歡奏星純，那種追求刺激無所畏懼的個性很令人欣賞。

Q10：如果能讓妳無償獲得，妳最想得到哪件古董？為什麼？

大概是聖杯。

想得到這樣物品的原因，是因為我目前還沒有做好任何與他人生離死別的心理準備，我覺得抱持著無論失去誰都能好好走下去的人，真的很堅強。

Q11：能先預告一下第二集會有什麼令人期待的事情發生嗎？

可以期待某位偉大的皇帝現身這樣的劇情（笑），還有一些感情線的發展，啊對了，連辛紅縷也感到棘手的男人會在下一集華麗登場。

Q12：在這部作品中，有沒有讓妳感到最自豪的劇情安排？

最自豪嗎？自豪倒是還不至於，不過如果說是滿意的話，大概是廚藝大賽那一篇吧，我很喜歡詩詞放入敘述裡這樣的寫法，雖然這樣的寫法真的很考驗描述的時間點與劇情的節奏……之後可能要好好練習才行。

Q13：有沒有什麼話想跟購買本書的讀者說？

逢人推廣，功德無量！

Q14：能否談談接下來的寫作計畫？

大概就是古董店一直線吧（笑），不過可以的話，很想寫寫已婚男性與未成年少女的邂逅，多年前曾經看過舞台劇《黑鳥》描述四十歲的男性與十二歲女孩的愛戀，這段戀情被其他人發現後戛然終止，十五年之後兩人再度相遇也已經人事已非了。不過四十歲這個年紀對我來說壓力真的好大（笑），很少描寫這個年齡層的角色，因此就……對我來說很有挑戰性。

Q15：未來還有沒有其他想寫的體材？

很想試試用日記的方式敘述劇情。
不過當然不可能全部都是日記，但應該會是以日記為主這樣……
有點難說明（苦笑），我會盡量找空閒的時間試試看要怎麼寫。

Q16：平常都是怎麼尋找寫作靈感的？

打電動或者是看動畫，看書也有，不過就比較偏向科學雜誌類的了……很難想像吧居然是科學雜誌，但這方面比較偏向興趣而不是為了找靈感，雖然偶爾也可以看到有趣的事情然後運用在劇情裡。

動畫的話，追目前正在連載的作品比較少，大概只有火星異種（又稱火星任務），但有非常大的可能不會追完（欸），自從作者把我喜歡的角色賜死後，我就心死了。好像提到奇妙的事情了，還是回到靈感上吧。

其他書的話，我很喜歡看心理分析之類的內容，不過也只是純粹抱持興趣去觀看，真要說為了尋找靈感而去做什麼事的話……靈感這種事果然只能隨緣，大多時候就是憑著截稿壓力以及對作品的熱情完成一本書。

Q17：平常除了打電玩之外，還有沒有什麼休閒娛樂？

看電影。

大概就是和親友一起去電影院觀看，不然就是去出租店把喜歡的電影租借回家觀賞。

平常上網的話大概只為了下面這些事：查電玩攻略、看有興趣的情報例如喜歡的樂團或歌手之類的、預購遊戲片（這點非常重要，通常開電腦的第一件事就是看巴〇姆特的遊戲片發售資訊，然後聯絡經常往來的店家訂片，拜此所賜經常吃土……），更新部落格，沒了。所以網路不見得時常開著，休閒娛樂裡沒有上網……恐怕大概就是打電動、看電影和動畫，完。

Q18：對有興趣從事寫作的年輕讀者，妳會給什麼建議？

不要以我為榜樣，結束。

實在沒有什麼立場可以給建議，因為我在寫作這方面也是二二六六的……唉。

真要有什麼忠告的話只有一句，珍惜自己的作品，無論是否打算投稿出書。

快來吧！
錯過就只能等明年囉！

晴空家族
2014 集點活動開麥拉

超值好康獎不完，千萬別錯過！

為慶祝晴空家族成立，麥莉莉要來舉辦好康大放送的活動了！凡購買晴空家族 2014 年 11 月底至 2015 年 3 月底出版之指定新書，集滿任 10 本書腰或折口截角上的「晴空券」，就有機會獲得晴空家族 2015 全新推出的獨家限量好禮，一年只有這一次，機會難得，請快把握！

活動辦法

請於 2015 年 4 月 15 日前〈郵戳為憑〉，剪下晴空家族指定書籍內附的「2014 晴空券」10 點，貼於明信片上，並於明信片上註明真實姓名、電話、年齡、學校〈年級〉或職業別、住址、e-mail，寄送到 104 台北市中山區民生東路二段 141 號 5 樓「晴空家族 2014 集點活動收」，就能參加抽獎。

獎品

【名額】以抽獎方式抽出 20 名幸運讀者
【獎品】送晴空家族 2015 年書展首發新書周邊精品。
【活動時間】於 2015 年 5 月 5 日抽獎，5 月 15 日在「晴空萬里」部落格公布得獎名單，並於 6 月 1 日前寄出獎項。

注意事項

1. 單書的「晴空券」限用一張，如同一本書重複寄了兩張以上晴空券參加抽獎活動，將以單張計，不另行寄還，如晴空券不足 10 張，將視同棄權。
2. 主辦單位保留隨時修正、暫停或終止本活動之權利，如有變動將另行公布於「晴空萬里」部落格。
3. 活動辦法及中獎名單以「晴空萬里」部落格之公告為準。
4. 本活動獎品之規格及外觀以實物為準，網頁／書封／廣告上圖片僅供參考，獎項均不得轉換、轉讓或折現。

主辦單位保留更換活動書單與等值獎品之權利。

〔指定參加書單〕

漾小說	綺思館		狂想館
沖喜 1-5（完）	喂，別亂來（上、下）	娘子說了算（上、下）	縷紅新草（上）
許你盛世安穩（上、中、下）	出槌仙姬 1-2	夫君們，笑一個 1	超感應拍檔（上）

狂想館
晴空新書預報
冒險吧！向偉大的航路出發
縷紅新草
【皇帝的夜鶯】上
原惡哉——作者
柳宮燐——繪者
神祕古董店裡販賣的是價值連城的傳說故事，
還是深不可測的人心慾望？
暢銷作者原惡哉獻給文學少女們的全新力作，
華麗神祕的腐向輕小說，帶來全新體驗！
PS.說這是BL太矯情，只能說，本書沒有女主角！

狂想館
晴空新書預報
冒險吧！向偉大的航路出發
上
超感應拍檔
八爪魚 著
伊達朔弓 繪
史上最惡搞作家八爪魚x 美型腐繪師伊達朔弓
靈異恐怖又歡樂無限的腐向輕小說！不但賣腐、賣萌，
還要——賣鬼？
桃花滿天飛，可朵朵都是鬼來追的衰到不行帥哥痞子 V.S
神祕面癱又嘴賤的美少年
一個是看著女鬼掛在面前也不信的鐵齒警官，
另一個卻是成天與「好兄弟」蹭在一起的神祕少年？
兩人在警界裡一個號稱「不能說的祕密」第七重案組裡邂逅了！
隨書好禮大放送，買到賺到！
★ 第一重：伊達朔弓精心繪製帥氣痞子小桃花「陳天徹」人設彩頁
★ 第二重：首刷隨書贈送限量晴空精美功課表乙張（首波8款隨機出貨，送完為止）
★ 第三重：首刷再送角色書籤卡「陳天徹」乙張
★ 第四重：特別收錄作者額外加碼番外
晴空
更多精彩書介與活動請上
「晴空萬里」部落格：http://sky.ryefield.com.tw

綺思館
晴空新書預報
戀愛吧！一切的不可理喻都好可愛
夫君們，笑一個
情敵是公（攻）狐狸精
【卷
逍遙紅塵 著
柳宮燐 繪

綺思館
晴空新書預報
戀愛吧！一切的不可理喻都好可愛
出槌仙姬
1
寞然回首 /著
LN /繪
《靠爹靠娘不如靠廚藝最好》
喜羊羊與大灰狼的爆笑愛情熱烈上映中！
歐買尬！為何我要女扮男裝才能找到真愛？！
繼峨嵋之後，起點女頻最高人氣的歡樂向修仙愛情小說！
點擊月榜第二名，超過347萬人點擊、11萬人叫好推薦！
第二集好禮加碼送活動，請密切注意部落格上的公告

隨書好禮四重送

- 第一重：繪師精心繪製唯美女主角立繪
- 第二重：搞笑四格黑白漫畫
- 第三重：隨書附贈角色書籤乙張、彩色四格漫畫書籤乙張
- 第四重：首刷限量，隨書附贈晴空精美功課表乙張（八款隨機出貨）

晴空

更多精彩書介與活動請上
「晴空萬里」部落格：http://sky.ryefield.com.tw

狂想館001

縷紅新草（上）皇帝的夜鶯

國家圖書館出版品預行編目資料

縷紅新草（上）/ 原惡哉著. -- 臺北市：晴空出版：
家庭傳媒城邦分公司發行,
2015.01
　冊；　公分. --（狂想館001）
ISBN 978-986-91346-0-6（上冊：平裝）

857.7　　　　103024563

作　　者　原惡哉
封面繪圖　柳宮燐
文字校對　劉綺文
責任編輯　高章敏
行　　銷　陳麗雯　蘇莞婷
業　　務　李再星　陳玫潾　陳美燕　杻幸君
副總編輯　林秀梅
副總經理　陳瀅如
編輯總監　劉麗真
總 經 理　陳逸瑛
發 行 人　凃玉雲
出　　版　晴空
城邦文化事業股份有限公司
104台北市中山區民生東路二段141號5樓
電話：（886）2-2500-7696　傳真：（886）2-2500-1966
E-mail：bwps.service@cite.com.tw
發　　行　英屬蓋曼群島商家庭傳媒股份有限公司城邦分公司
104台北市中山區民生東路二段141號2樓
客服服務專線：(886)2-2500-7718；2500-7719
24小時傳真服務：(886)2-2500-1990；2500-1991
服務時間：週一至週五09:30-12:00；13:30-17:00
郵撥帳號：19863813　戶名：書虫股份有限公司
讀者服務信箱：service@readingclub.com.tw
晴空部落格　http://sky.ryefield.com.tw
香港發行所　城邦（香港）出版集團有限公司
香港灣仔駱克道193號東超商業中心1樓
電話：852-2508-6231　傳真：852-2578-9337
E-mail：hkcite@biznetvigator.com
馬新發行所　城邦（馬新）出版集團【Cite(M)Sdn. Bhd.(45832U)】
411, Jalan 30D/146, Desa Tasik,Sungai Besi, 57000 Kuala Lumpur, Malaysia.
電話：(603) 9057-8822　傳真：(603) 9057-6622
Email：cite@cite.com.my
美術設計　謝佳穎
內頁排版　洸譜創意設計股份有限公司
印　　刷　鴻霖印刷傳媒股份有限公司
初版一刷　2015年1月
定　　價　240元
I S B N　978-986-91346-0-6

晴空

晴空

晴空

晴空